CAROLINE QUINE

ALICE DÉTECTIVE

TRADUIT DE L'AMÉRICAIN PAR HÉLÈNE COMMIN
ILLUSTRATIONS DE JEAN SIDOBRE

HACHETTE

L'ÉDITION ORIGINALE DE CE ROMAN
A PARU EN LANGUE ANGLAISE
CHEZ GROSSET & DUNLAP, NEW YORK
SOUS LE TITRE :

THE SECRET OF THE OLD CLOCK

© *Grosset & Dunlap Inc.*, *1930*.
© *Hachette 1981*.
Tous droits de traduction, de reproduction
et d'adaptation réservés pour tous pays.

HACHETTE, 79, BOULEVARD SAINT-GERMAIN, PARIS VIᵉ

CHAPITRE PREMIER

LE TESTAMENT

« S I LES TOPHAM héritent de tout cct argent, ce ne
sera vraiment pas juste! Et ils n'auront pas
fini de regarder les gens du haut de leur grandeur! »

En disant ces mots, Alice Roy se pencha vers son
père qui lisait le journal du soir, assis en face d'elle
à la table du salon.

« Pardon? » fit-il d'un ton surpris. Il releva la tête
et, regardant la jeune fille, demanda : « Que disais-
tu au sujet des Topham? »

Avocat de grand renom, James Roy, qui s'était distingué au cours de plusieurs affaires particulièrement délicates, avait acquis la réputation d'un homme habile et clairvoyant, capable de résoudre les énigmes les plus difficiles. Mais, tandis qu'il se disposait à écouter sa fille et la considérait avec un sourire indulgent, il se souciait en réalité fort peu de ces gens dont elle venait de parler. Que lui importaient Richard Topham et sa famille auprès de ce charmant visage qu'il voyait tourné vers lui?... Alice était son enfant unique. Elle avait seize ans et des boucles blondes que dorait la lumière du lampadaire placé auprès d'elle. Comment aurait-on soupçonné que cette jeune tête pût abriter dès préoccupations et des pensées aussi sérieuses que celles auxquelles se complaisait Alice? Soudain, celle-ci allongea le bras et, d'un geste espiègle, pinça l'oreille de son père.

« Quand je parle, tu ne m'écoutes même pas, fit-elle d'une voix qu'elle feignit de rendre sévère. Je te disais qu'il est inadmissible que des snobs comme les Topham héritent la fortune de Josiah. N'y aurait-il pas quelque moyen de les en empêcher? »

James Roy enleva ses lunettes cerclées d'écaille et replia son journal, puis il considéra sa fille gravement.

« Je n'en vois aucun, Alice, répondit-il. Un testament est un testament, tu le sais bien...

— Mais comment les Topham peuvent-ils être seuls héritiers? Cela semble tellement injuste, surtout si l'on pense à la manière dont ils ont traité Josiah Crosley! »

James Roy eut un sourire.

« Les Topham n'ont jamais passé pour être charitables, observa-t-il. Néanmoins, ils ont eu le mérite de recueillir Josiah.

8

— Sans doute, mais pourquoi l'ont-ils fait? Dans la seule intention de circonvenir le pauvre homme et de le persuader de leur laisser tout son argent. Ils y ont ma foi réussi! Ils ont soigné Josiah comme un prince jusqu'au jour où il eut rédigé son testament en leur faveur, et sitôt après, ils l'ont mis plus bas que terre. Tant et si bien que tout le monde prétend que le malheureux était impatient de mourir pour échapper à leurs tracasseries continuelles...

— N'oublie pas que l'on n'aime guère les Topham dans notre petite ville, objecta James Roy.

— Mais, papa, qui pourrait les aimer? Richard Topham est un vieux grigou qui a fait fortune en jouant à la Bourse. Quant à sa femme Cora, c'est une ambitieuse et une intrigante. Ses deux filles, Mabel et Ada, sont peut-être encore pires. Je les connais : elles étaient mes compagnes de classe, et je t'assure que l'on trouverait difficilement pareilles pimbêches... »

Alice disait vrai : les Topham avaient, dans la ville de River City, une réputation bien établie de vanité et d'arrogance. En outre, leur attitude à l'égard du vieux Crosley avait été sévèrement jugée.

Alice n'avait jamais eu l'occasion d'approcher le vieillard. Elle ne le connaissait que de vue pour l'avoir parfois croisé dans la rue. Il donnait l'impression d'un homme sympathique, mais passablement original. Depuis la mort de sa femme, survenue quelques années auparavant, Josiah avait partagé son temps entre plusieurs de ses parents. Sa large aisance lui eût certes permis de mener une vie agréable, quoique trop solitaire à son gré. Aussi lui avait-il préféré l'hospitalité des uns et des autres.

Bien qu'étant les plus riches de la famille, les

Topham s'étaient tout d'abord complètement désintéressés de leur vieux parent, et celui-ci avait été recueilli par de pauvres gens pour qui sa présence à leur foyer constituait une gêne certaine. Appréciant comme il convenait la générosité et la bonté de ses hôtes, le vieillard n'avait pas caché son intention de rédiger son testament en leur faveur.

Le temps passa, et puis, un jour, les Topham changèrent brusquement d'attitude : ils invitèrent Josiah à venir s'installer chez eux. Cette offre fut acceptée, et le bruit courut peu de temps après qu'ils avaient décidé le vieil homme à leur léguer tous ses biens.

Les forces du vieillard avaient décliné avec l'âge; cependant, comme il ne montrait nulle hâte à quitter la vie, les Topham ne tardèrent pas à s'impatienter et à le traiter sans ménagement. Il n'en continua pas moins à résider chez eux, mais on racontait qu'il allait souvent rendre visite à de vieux amis auxquels il confiait son intention de déshériter Richard Topham.

Vint le jour où Josiah Crosley s'alita pour ne plus se relever. Quelques instants avant de mourir, il voulut dire quelque chose au médecin qui l'assistait, mais sa parole était si confuse que ce dernier ne put comprendre un mot. Le lendemain de l'enterrement, on ne découvrit qu'un seul testament, léguant la totalité de l'héritage à Richard Topham, ce qui surprit beaucoup de gens.

« Je me demande ce que M. Crosley a essayé de dire au médecin quand il s'est senti mourir, reprit Alice au bout d'un moment. Voulait-il lui parler de son testament?

— Bien certainement, répondit James Roy. Sans doute désirait-il léguer son argent à ceux de ses parents qui le méritaient. Le destin ne lui en a pas laissé le temps...

— Qui sait, ses affaires étaient peut-être déjà arrangées, et dans ce cas, il tenait simplement à indiquer au médecin où se trouvait son nouveau testament.

— Cela ne serait pas impossible, en effet...

— Il avait dû le cacher en lieu sûr.

— Alors, j'ai bien peur qu'on ne le découvre jamais; Josiah avait parfois des idées tellement saugrenues... De plus, il faut compter avec les Topham.

— Que veux-tu dire, papa?

— La fortune de Josiah était, paraît-il, considérable, et tu penses bien que les Topham n'ont aucune intention de la partager avec quiconque. Je suis convaincu qu'ils s'arrangeront en conséquence : on ne trouvera pas de second testament...

— Tu crois que, s'ils le découvraient, ils seraient capables de le détruire?

— Je ne veux calomnier personne, Alice. Mais je sais que Richard Topham est un homme rusé et qu'il ne passe pas pour être très honnête...

— Serait-il possible d'attaquer ce testament par lequel Josiah le faisait seul hériter?

— Je ne le pense pas. Je suis persuadé que les droits des Topham sont légalement fondés. Les contester dans de telles conditions coûterait une véritable fortune, et les autres parents de Josiah sont beaucoup trop pauvres pour se lancer dans pareille aventure. Ils se sont bornés jusqu'ici à protester de leur droit à l'héritage, en assurant que M. Crosley avait rédigé un second testament en leur faveur, mais, à mon avis, les choses en resteront là.

— Rien ne sera plus injuste! s'écria Alice. Les Topham ne méritent pas cet héritage!

— Injuste peut-être, mais parfaitement légal, et je ne vois pas comment l'on y pourrait remédier. Il est certain que bon nombre de personnes vont se trouver lésées dans cette affaire. On m'a parlé entre autres de deux jeunes filles qui exploitent une ferme dans la vallée de la Muskoka. Elles n'étaient pas parentes de Josiah, mais celui-ci, qui les avait connues tout enfants, leur témoignait autant d'affection qu'aux gens de sa famille. Elles auraient dû figurer sur son testament ainsi que plusieurs neveux et cousins, beaucoup plus méritants que les Topham. »

Alice approuva d'un signe de tête. Silencieuse, le visage pensif, elle commençait à passer en revue dans son esprit les détails que venait de lui donner son père. Elle tenait de celui-ci l'habitude d'étudier méthodiquement les faits qui l'intéressaient et de poursuivre ses raisonnements jusqu'à leur conclusion logique. James Roy lui disait volontiers qu'elle aurait été un excellent détective, avec son esprit pénétrant et sa prédilection pour les affaires mystérieuses.

« Papa, crois-tu que M. Crosley ait vraiment rédigé un second testament? demanda tout à coup Alice.

— A dire vrai, je ne suis guère mieux renseigné que toi. Je ne sais qu'une chose, mais peut-être ne devrais-je même pas en parler, tant elle est imprécise...

— Qu'est-ce que c'est? Vite, raconte! s'écria Alice avec impatience.

— Eh bien, voici : je me rappelle parfaitement l'année dernière, un jour que je me trouvais dans le hall de la Banque nationale, j'y ai rencontré Josiah Crosley en compagnie de Georges Rolsted.

— Quoi? S'agissait-il de ton confrère maître Rolsted qui est spécialisé dans toutes les questions d'actes notariés et de testaments?

— Parfaitement. Je l'ai vu entrer avec Josiah et ils sont venus s'adresser au guichet voisin de celui devant lequel j'attendais. Je n'avais nulle intention d'écouter leur conversation avec l'employé, mais j'étais si près d'eux que je ne pouvais éviter d'entendre ce qu'ils disaient, et j'ai fort bien compris que l'on parlait d'un testament. Josiah a ensuite déclaré à Rolsted qu'il passerait le voir à son bureau le lendemain...

— Ce qui donnerait à penser que M. Crosley était bien décidé à rédiger un autre testament... Et cela se passait l'année dernière. Environ deux ans par conséquent après que M. Crosley eut légué tous ses biens aux Topham, n'est-ce pas?

— Oui. Il est probable que Josiah désirait modifier les dispositions prises précédemment, et je ne serais pas étonné qu'il ait eu l'intention de déshériter entièrement Richard Topham. Mais comment savoir s'il a mis son projet à exécution?...

— Maître Roslted n'est-il pas l'un de tes vieux amis? questionna Alice.

— Si. Nous avons fait nos études de droit ensemble.

— Alors, pourquoi ne lui demanderais-tu pas s'il n'aurait pas par hasard aidé M. Crosley à rédiger un second testament?

— Ce serait poser là une question fort indiscrète,... et l'on pourrait me répondre de me mêler de ce qui me regarde...

— Tu sais bien que maître Rolsted ne te dirait jamais cela, protesta Alice. Tu es maintenant si connu que tes confrères sont plutôt flattés quand tu sembles t'intéresser à l'une de leurs affaires... Dis, veux-tu essayer de te renseigner? Je t'en prie...

— Ecoute, mon petit, je ne puis vraiment te promettre d'aller voir Rolsted tout exprès pour lui faire subir un interrogatoire en règle sur un sujet aussi délicat... Mais enfin, vas-tu m'expliquer pourquoi tu prends subitement un tel intérêt à cette histoire de testament?

— Ma foi, je n'en sais rien. Au fond, je crois que tout ce qui est mystérieux me passionne, et puis aussi, je voudrais pouvoir venir en aide à ces pauvres gens qui risquent d'être lésés par Richard Topham.

— J'ai l'impression que tu es en train de marcher sur les traces de ton père... Mais je serais curieux de savoir ce que tu trouves de si mystérieux à cette affaire Crosley.

— Comment, un testament disparaît, et tu n'appelles pas cela un mystère! s'écria Alice, suffoquée.

— Si, mais à condition qu'il ait réellement disparu.

— De toute façon, déclara Alice, j'aimerais en savoir davantage. Tu parleras à maître Rolsted, n'est-ce pas? »

James Roy ne put s'empêcher de sourire et dit :

« Tu es tenace, ma fille, mais c'est ainsi que l'on arrive à ses fins. J'ai presque envie d'inviter Georges Rolsted à déjeuner avec moi demain...

— Oh! oui, je t'en prie, s'écria Alice avec fougue. Ce sera une magnifique occasion de lui demander ce qu'il sait du testament!

— Alors, c'est entendu. Mais je t'avertis : ne compte pas trop apprendre des nouvelles sensationnelles... » James Roy jeta un coup d'œil à sa montre : « Sais-tu qu'il est près de minuit? s'écria-t-il. Dépêche-toi de monter te coucher, Alice, et ne pense plus aux Topham!

— Je vais essayer », dit la jeune fille sans le moindre enthousiasme. Elle se leva et vint embrasser son père.

Après le départ de sa fille, James Roy resta un long moment à réfléchir, assis au coin du feu.

« Je ne serais pas étonné qu'Alice eût raison, se disait-il. Il y a un mystère dans cette affaire. Peut-être vaudrait-il mieux se montrer prudent et ne pas trop encourager Alice à s'en mêler... Bah! pourquoi pas, après tout?... Puisqu'il s'agit d'une bonne cause! »

CHAPITRE II

RENCONTRE

« N'OUBLIE PAS que tu dois voir maître Rolsted aujourd'hui, rappela Alice à son père le lendemain matin au petit déjeuner.

— Je vais lui téléphoner en arrivant à mon bureau », promit James Roy. Et il ajouta : « Dis-moi, que comptes-tu faire aujourd'hui?

— Peut-être quelques courses dans la matinée, et cet après-midi, je suis invitée chez Betty Scott.

— Alors, tu es beaucoup trop occupée pour venir déjeuner avec moi...

— Oh! papa, moi qui en meurs d'envie! s'écria Alice, les yeux brillants de joie. J'ai tellement hâte de savoir à quoi m'en tenir au sujet de ce testament!

— Eh bien, dit James Roy, passe à mon bureau vers midi. A moins que Georges Rolsted n'ait décliné mon invitation, nous essaierons de nous renseigner sur le compte de Josiah. Je te recommande toutefois de ne manifester aucune impatience et de ne pas montrer l'intérêt que tu portes à cette affaire.

— Sois tranquille : je te laisserai parler. Je resterai bouche cousue... mais les oreilles grandes ouvertes! »

Après le départ de son père, Alice se dirigea vers la cuisine afin de s'entretenir avec Sarah, la vieille gouvernante qui s'était occupée d'elle lorsque, tout enfant, elle avait perdu sa mère, et qui maintenant l'aidait à tenir la maison. Ainsi secondée par cette excellente femme, la jeune fille pouvait — sans négliger pour autant ses devoirs de maîtresse de maison — s'adonner à toutes sortes d'activités. C'est ainsi qu'elle pratiquait plusieurs sports et gardait encore suffisamment de loisirs pour sortir et recevoir ses amies.

Alice prévint Sarah qu'elle ne rentrerait pas déjeuner. Puis elle monta dans sa chambre et redescendit quelques minutes plus tard, prête à se rendre en ville. Elle se dirigea vers le garage qui se trouvait au fond du jardin, et se hâta de sortir sa petite voiture, cadeau d'anniversaire de son père. C'était un joli cabriolet décapotable bleu vif aux chromes étincelants. Heureusement pour la jeune fille qui avait longtemps rêvé de posséder semblable merveille, la loi américaine n'imposait pas d'âge minimum à l'octroi du permis de conduire...

17

Alice prit la direction du centre de la ville. Elle laissa bientôt derrière elle les quartiers résidentiels aux larges avenues tranquilles pour s'engager dans les rues étroites et encombrées où se concentrait l'activité commerciale du River City.

Après avoir garé sa voiture, Alice entra dans un grand magasin, chez Hartley. Elle fit d'abord quelques emplettes au rez-de-chaussée, puis prit l'ascenseur pour monter au rayon des robes.

Devant attendre son tour pour obtenir une vendeuse, elle s'assit tranquillement sur une chaise et se mit à observer d'un œil amusé ce qui l'entourait. Au bout d'un instant, son attention fut attirée par deux clientes qui attendaient, elles aussi, mais en manifestant une vive impatience. Alice n'eut aucune peine à les reconnaître : c'étaient Mabel et Ada Topham.

« Voici presque dix minutes que nous sommes ici! criait Ada au chef de rayon. Veuillez nous envoyer une vendeuse immédiatement!

— Je regrette, mademoiselle, répondit-il. Mais il y a plusieurs personnes devant vous... Les clientes sont si nombreuses ce matin que...

— Sans doute ignorez-vous qui nous sommes, monsieur! coupa Mabel avec insolence.

— Je le sais parfaitement, mademoiselle, dit l'homme d'une voix où commençait à percer quelque énervement. Vous aurez une vendeuse dans un moment, si vous voulez bien patienter...

— Nous n'avons pas l'habitude que l'on nous fasse attendre, répliqua Mabel d'un ton glacial.

— Quelle organisation déplorable! ajouta sa sœur. Vous n'avez pas l'air de vous douter que notre père est actionnaire du magasin, et qu'il suffirait de signa-

18

ler votre attitude au conseil d'administration pour que vous soyez congédié.

— Je regrette de ne pouvoir mieux faire, dit le chef de rayon, excédé. Mais c'est une règle de notre maison : les clientes doivent attendre leur tour. »

Ada eut un geste de dépit, et une flambée de colère passa dans ses yeux. Son élégance coûteuse ne réussissait pas à la rendre séduisante. De haute taille, maigre comme un échalas, elle ne possédait aucune grâce, et la colère qui crispait à présent son visage la rendait même franchement laide.

Mabel, qui faisait l'orgueil de sa famille, était à la fois jolie et insignifiante, avec ses traits sans caractère et sa physionomie peu expressive. Elle s'exprimait en termes prétentieux, sur un ton affecté qui avait le don d'exaspérer ou de divertir ses interlocuteurs. Sa mère, qui rêvait pour elle d'un riche et brillant mariage avec quelque fils de grande famille, ne négligeait rien et n'épargnait aucune dépense pour aider à la réalisation de ses espoirs.

Plus âgées qu'Alice, les deux sœurs avaient pourtant fait leurs études dans la même classe que la jeune fille. Leurs compagnes, qui les jugeaient sottes et arrogantes, ne sympathisaient guère avec elles, et elles ne se firent que peu d'amies.

Cependant, comme elles venaient de tourner le dos au chef de rayon, elles aperçurent Alice. Celle-ci les salua d'un signe de tête. Mabel lui répondit avec froideur, sans articuler le moindre mot, tandis que sa sœur feignait de ne pas remarquer la présence de la jeune fille.

« Quelles pimbêches! se dit celle-ci. La prochaine fois que je les rencontrerai, je les ignorerai purement et simplement! »

A cet instant, une vendeuse s'avança vers les deux sœurs qui se mirent aussitôt à l'accabler de leurs récriminations et à lui reprocher de les avoir fait attendre. Alice, qui suivait la scène du coin de l'œil, vit la demoiselle de magasin leur présenter divers modèles ravissants. Mais Ada et Mabel les rejetèrent tous les uns après les autres.

La vendeuse apporta une dernière robe et dit d'un ton engageant :

« Nous l'avons reçue ce matin même. N'est-elle pas magnifique? »

Ada prit le vêtement et, en faisant la moue, le laissa tomber sur une chaise d'où il glissa sur le tapis sans qu'elle esquissât le moindre geste pour le retenir. Elle se détourna aussitôt pour examiner un autre modèle et, au grand émoi de la vendeuse, marcha délibérément sur le tissu chiffonné.

Quelques instants plus tard, les deux sœurs partaient sans avoir rien acheté. En passant près d'Alice, Ada la heurta légèrement. Mais au lieu de s'excuser, elle se retourna vers Alice et, la dévisageant avec hauteur, s'écria :

« Vous pourriez faire attention, il me semble! »

Sur le point de lancer une réplique cinglante, Alice se mordit les lèvres.

« Ce sont de vraies chipies », se dit-elle en suivant d'un œil amusé Mabel et Ada qui se dirigeaient vers l'ascenseur, tête haute, et l'air plus arrogant que jamais. « Cela ne m'étonne pas que l'on dise tant de mal d'elles! »

Ses réflexions furent bientôt interrompues par une vendeuse qui venait lui demander ce qu'elle désirait. C'était justement celle qui avait eu affaire aux sœurs Topham quelques minutes auparavant.

Alice eut tôt fait de choisir une robe de soie dont le bleu lumineux s'accordait parfaitement avec la couleur de ses yeux.

« C'est un plaisir de vous servir, mademoiselle », déclara la vendeuse lorsqu'elle se trouva seule avec sa cliente dans le salon d'essayage. « Si vous saviez comme j'appréhende toujours de voir arriver les demoiselles Topham! Elles sont d'une telle exigence...

— Elles se rendent odieuses, dit Alice. Elles ont vraiment l'air de croire que tout le monde doit être à leurs ordres. »

La vendeuse soupira.

« Je me demande ce que cela sera si leur père hérite de Josiah Crosley... », fit-elle. Et elle ajouta en baissant la voix : « La succession n'est pas encore réglée, mais il paraît que les Topham comptent déjà sur cet héritage. L'autre jour, Mlle Ada disait à sa

sœur que leurs parents entreraient en possession de tout dès que les hommes de loi auraient fini de chicaner... N'empêche qu'à mon avis les Topham ne sont pas aussi tranquilles qu'ils veulent bien le dire : ils ont une peur terrible de voir surgir un second testament qui pourrait remettre leurs droits en question... »

Alice garda le silence : elle avait suffisamment de bon sens pour ne pas suivre la vendeuse sur le terrain où celle-ci s'engageait, et savait en outre que ses paroles risqueraient d'être ensuite répétées à tort et à travers. Mais elle était très satisfaite de ce qu'elle venait d'apprendre. L'anxiété qu'éprouvaient les Topham ne montrait-elle pas qu'ils croyaient à l'existence d'un testament postérieur à celui par lequel Josiah leur avait légué la totalité de sa fortune? Il était évident aussi que les prétentions manifestées par les autres parents du vieillard ne laissaient pas d'inquiéter Richard Topham.

Alice se rendit à la caisse afin de régler son achat. Soudain, elle s'aperçut qu'il était presque midi.

« Mon Dieu, se dit-elle, gagnant la sortie du magasin en toute hâte, il faut que je me dépêche si je ne veux pas faire attendre papa! »

Heureusement, le bureau de James Roy n'était pas très éloigné, et cinq minutes plus tard, Alice sonnait à la porte de son père. Bien qu'elle fût juste à l'heure, celui-ci l'attendait, prêt à sortir.

« Dépêchons-nous, ma chérie, dit-il. Nous avons rendez-vous avec maître Rolsted au Grand Hôtel. Tu es contente? »

Alice sourit.

Le Grand Hôtel occupant l'un des pâtés de maisons voisins de celui dans lequel James Roy avait son bureau, le père et la fille s'y rendirent à pied. Lorsqu'ils pénétrèrent dans le hall, maître Rolsted les y avait déjà devancés. James Roy présenta Alice à son confrère, puis tous les trois se dirigèrent vers la salle de restaurant.

La conversation roula d'abord sur les sujets les plus variés, après quoi les deux hommes en vinrent à évoquer le temps de leur jeunesse, les études qu'ils avaient poursuivies ensemble et finalement leurs débuts dans la carrière juridique. A mesure que le repas s'avançait, Alice sentait croître son impatience, et se demandait si l'on allait jamais aborder le sujet qui lui tenait tant au cœur...

Enfin, le café servi, James Roy orienta habilement l'entretien sur une nouvelle voie et se mit à parler de certaines affaires épineuses qu'il avait eu l'occasion d'étudier.

« A propos, je n'ai pas eu beaucoup de détails sur la succession Crosley, fit-il négligemment. Je me demande où en sont les Topham... Je ne sais plus qui me disait que les autres héritiers de Josiah avaient l'intention d'attaquer le testament. »

Ces mots furent suivis d'un long silence, et Alice ne fut pas loin de penser que maître Rolsted n'avait aucune envie d'évoquer le cas Crosley.

« Je n'en sais pas plus long que toi, James, reprit enfin l'avocat. Ce n'est pas moi qui suis chargé de régler cette affaire... Mais j'avoue que j'attends avec impatience de voir ce qui va se passer, car je connaissais bien le vieux Josiah... A mon avis, le testament présenté par les Topham est inattaquable.

— Ils hériteront donc la totalité de la succession ? observa James Roy.

— Parfaitement... à moins qu'il n'existe d'autres

dispositions testamentaires infirmant les premières... »

Le père d'Alice prit un air surpris.

« Comment cela? questionna-t-il. Ainsi, tu crois que
Josiah aurait pu rédiger un second testament? »

Maître Rolsted hésita, ne sachant s'il devait en dire
davantage. Enfin, il parut se décider, jeta un rapide
coup d'œil autour de lui et, baissant la voix, commença :

« Je ne voudrais pas que la chose pût s'ébruiter...

— Tu peux compter sur notre discrétion », fit
James Roy, et, devinant la véritable préoccupation
de son ami, il ajouta : « Sois tranquille, j'ai eu maintes
fois l'occasion de constater qu'Alice savait garder
un secret...

— Alors voici : je ne serais nullement surpris qu'un
second testament fût découvert un jour. Tu sais que
Richard Topham et les siens se sont fort mal conduits
envers Josiah après que celui-ci leur eut légué tous
ses biens... Or, il y a environ un an, j'ai reçu la visite
du vieillard à mon bureau. Il me communiqua son
intention de rédiger un nouveau testament par lequel
il déshériterait les Topham jusqu'au dernier sou.
Comme il tenait absolument à écrire ses dernières
volontés de sa main, il me posa une foule de questions sur la manière d'opérer. Je lui donnai toutes les
indications nécessaires et il s'en alla en promettant
de me soumettre le document dès qu'il l'aurait établi.

— Ainsi, tu as eu celui-ci sous les yeux? demanda
James Roy, stupéfait.

— Mais non, et c'est bien là le plus extraordinaire :
Crosley n'est jamais revenu me voir. De sorte que

j'ignore complètement s'il a donné suite à son projet.

— S'il l'avait fait, il y aurait d'ailleurs beaucoup de chances pour que le document ne fût pas rédigé dans les formes légales...

— Ce n'est pas sûr. Josiah était un homme méthodique et prudent : il aurait suivi mes instructions à la lettre.

— Espérons-le, car les Topham tireraient argument de la moindre erreur pour intenter une action en justice et obtenir l'annulation de ce second testament...

— Sans doute, mais tu sais, je crois que dans l'état actuel des choses, nous ne devons pas nous leurrer : que les Topham aient des droits ou non sur cet héritage, c'est à eux qu'il reviendra. Que veux-tu? Ils ont sur leurs adversaires l'avantage d'être déjà très riches... Les autres parents de Josiah vont bien essayer de plaider leur cause en arguant de l'existence d'un second testament, mais en l'absence de toute preuve, que peuvent-ils espérer? Il leur faudrait dépenser une véritable fortune pour venir à bout d'un homme comme Richard Topham. »

Alice écoutait en silence, semblant indifférente à ce que disaient maître Rolsted et son père. L'émotion, cependant, faisait battre son cœur.

La conversation se prolongea quelques instants encore, puis James Roy demanda l'addition. Les trois convives se levèrent et regagnèrent le hall de l'hôtel où maître Rolsted prit congé de ses hôtes.

« Eh bien, ma fille, es-tu satisfaite? demanda James Roy lorsqu'il se retrouva seul avec Alice.

— Oh! papa, c'est bien ce que je pensais : il y a un second testament!

— Pas si vite! N'oublie pas que Crosley n'a peut-

25

être jamais mis son projet à exécution, et qu'au cas où il aurait rédigé le document, il était fort capable de l'avoir ensuite détruit.

— C'est possible, évidemment, mais je ne puis croire que les choses se soient passées ainsi. Josiah n'avait aucune raison pour souhaiter favoriser les Topham : il les détestait. Je suis convaincue que le testament existe, à l'abri dans l'une de ces cachettes dont M. Crosley avait, paraît-il, le secret... Mon Dieu, si je pouvais le découvrir!

— Cela risque d'être aussi facile que de retrouver une aiguille dans une botte de foin, observa James Roy. Franchement, Alice, je crois que tu ferais mieux d'oublier cette histoire.

— Voyons, papa, je ne puis tout de même pas abandonner la partie avant d'avoir essayé de savoir ce qu'est devenu ce testament! insista la jeune fille.

— C'est bon, mon petit. Creuse cette affaire puisqu'elle te plaît, mais j'ai bien l'impression que tu t'attaques à un problème insoluble. Je me demande comment tu espères dénicher un document peut-être imaginaire, sans posséder au départ le moindre renseignement... »

Alice éclata de rire.

« Je me débrouillerai, va! riposta-t-elle gaiement. Donne-moi le temps de chercher, et tu verras ce que tu verras! »

CHAPITRE III

L'ORAGE

QUELQUES JOURS plus tard, au petit déjeuner, James Roy dit à sa fille :

« Es-tu libre aujourd'hui, Alice? Si tu n'avais rien de prévu, je te chargerais de faire une course pour moi.

— Je ne demande pas mieux, répondit-elle avec empressement. De quoi s'agit-il?

— Voici : il me faut transmettre certains documents de toute urgence au juge Hartgrave, à Masonville. Ils doivent lui être remis avant midi. Je les lui aurais portés moi-même, si je n'avais pas justement plusieurs rendez-vous importants à mon bureau.

— Ne t'inquiète pas : le juge aura ses papiers en temps voulu. Il n'y a guère que vingt-cinq kilomètres d'ici à Masonville. En voiture, ce n'est rien du tout.

— Merci, mon petit, tu me délivres d'un grand poids.

— Où sont les papiers, papa?

— A mon bureau. Je vais descendre en ville avec toi. »

Alice monta dans sa chambre quatre à quatre, enfila son manteau et prit son sac. Son père avait à peine eu le temps de quitter la salle à manger qu'elle dévalait déjà l'escalier et sortait de la maison en trombe pour courir au garage. Cinq minutes plus tard, le cabriolet bleu venait se ranger au bord du trottoir. James Roy ne tarda guère à le rejoindre.

« Dis-moi, Alice, voici plusieurs jours que je ne t'ai entendue parler de l'affaire Crosley », fit-il au bout de quelques instants, tandis que la voiture filait à bonne allure vers le centre de la ville. « Aurais-tu renoncé à t'y intéresser? »

Le visage d'Alice s'assombrit.

« J'y pense de plus en plus, bien au contraire, répondit-elle, mais je n'en suis pas plus avancée pour cela. Décidément, je ferais un bien mauvais détective!

— Il ne faut pas te décourager.

— Je n'ai pas encore abandonné tout espoir. Qui sait, peut-être découvrirai-je un jour l'indice qui me mettra sur la bonne voie... »

Peu de temps après, la voiture s'arrêtait devant l'immeuble où se trouvait le bureau de James Roy.

Celui-ci descendit et s'engouffra dans le bâtiment. Il en ressortit au bout de quelques minutes, tenant à la main une grande enveloppe cachetée qu'il tendit à sa fille.

« Tiens, voici ce que tu remettras au juge Hartgrave de ma part. Tu connais son adresse à Masonville?

— Oui, ne t'inquiète pas. »

Alice prit la direction de Masonville. Dès qu'elle eut traversé les faubourgs et dépassé les dernières maisons de River City, elle poussa un soupir de satisfaction.

De chaque côté de la route, les champs s'étendaient maintenant à perte de vue, et Alice se réjouissait de ce spectacle. Elle aimait profondément son Missouri natal, avec ses champs de coton et de maïs, ses prairies où galopaient les plus beaux chevaux des Etats-Unis et ses plaines immenses où le vent creusait l'herbe de longues vagues qui semblaient courir jusqu'aux collines moutonnant à l'horizon.

Ce jour-là cependant, tandis qu'Alice roulait vers Masonville, elle ne pouvait s'empêcher de jeter de temps en temps vers le ciel un regard anxieux. Le soleil répandait sur la route blanche une lumière aveuglante, mais à l'ouest s'étendait un gros nuage noir. Heureusement, il restait immobile et Alice se rassura : elle aurait de toute manière le temps de remettre au juge Hartgrave le pli que lui avait confié son père, puis de regagner River City avant que les choses ne se gâtent.

Onze heures sonnaient quand Alice arriva à Masonville. Elle se rendit immédiatement au bureau du juge qui l'invita à déjeuner chez lui. Alice accepta avec plaisir.

« J'ai presque envie de rentrer par un autre chemin », dit-elle à M. Hartgrave comme celui-ci l'accompagnait à sa voiture. « La route du bord de l'eau est beaucoup plus agréable que celle par laquelle je suis venue, mais le trajet doit être plus long, et j'ai peur de me laisser surprendre par l'orage... »

Le juge leva la tête. Le soleil brillait toujours; pourtant l'éclat du ciel semblait s'être terni, et quelques nuées grisâtres montaient de l'horizon.

« S'il doit pleuvoir, ce ne sera pas avant une heure ou deux, déclara M. Hartgrave. Ces nuages n'ont pas l'air bien méchant.

— Alors, je vais prendre la route du bord de l'eau », décida Alice.

Quelques minutes plus tard, elle s'engageait sur un chemin secondaire rejoignant la rivière Muskoka. Il la longeait ensuite, étroit, sinueux, suivant fidèle-

ment les méandres de son cours. Pittoresque et ombragé, il était néanmoins peu fréquenté, sinon par les propriétaires de quelques fermes égaillées aux environs. Alice ralentit l'allure, afin de jouir tranquillement du paysage.

Elle s'engagea bientôt sous la voûte que formaient de grands arbres dont l'épais feuillage masquait entièrement le ciel. Quand, après avoir roulé quelques minutes dans la pénombre verte de ce tunnel, la jeune fille se retrouva au grand jour, elle fut stupéfaite de constater que le soleil avait disparu. Le gros nuage noir qu'elle avait remarqué dans la matinée et dont l'aspect semblait jusqu'alors si inoffensif, était devenu menaçant. Il s'étalait à vue d'œil, envahissant le ciel avec une rapidité effrayante. En quelques instants, le paysage s'était assombri.

Alice commençait à regretter d'avoir pris cette route qui, par temps de pluie, devenait fort dangereuse.

Le bleu du ciel avait disparu derrière un amoncellement de nuages noirs. Il faisait si sombre sous les arbres que l'on eût pu croire la nuit déjà venue. Alice alluma ses phares. Soudain, un coup de vent souleva les branches. Une sourde angoisse s'empara d'Alice.

Elle se pencha sur son volant et commença à prendre ses virages à toute vitesse. La route était maintenant balayée par des rafales qui faisaient voler la poussière. Sentant l'air plus vif qui s'engouffrait dans la voiture et tourbillonnait autour d'elle, la jeune fille comprit que l'orage était sur le point de se déchaîner. Déjà, elle voyait la pluie accourir, et fondre sur elle du bout de l'horizon.

Désespérément, Alice cherchait des yeux un abri lorsqu'elle aperçut à quelque distance un groupe de

31

masures étagées sur les champs en pente, non loin de la route. L'une d'elles, une vieille grange à demi effondrée, semblait même donner directement sur le chemin.

« Il faut à tout prix que j'arrive là-bas avant la pluie! » se dit Alice.

Trop tard! A ce moment, de grosses gouttes s'écrasèrent sur le pare-brise, lentes d'abord, puis de plus en plus rapides. Le ciel gris plombé avait pris une sinistre couleur jaunâtre. Soudain, un éclair le traversa, et la pluie se mit à tomber en déluge.

Ce n'était pas la première fois qu'Alice était surprise par un orage, mais jamais encore elle n'en avait vu d'aussi épouvantable. Aurait-elle le temps de gagner cette masure qu'elle avait aperçue tout à l'heure? Elle craignait de perdre le contrôle de sa voiture, et d'être entraînée dans le fossé par le torrent limoneux qui se déversait sur la route.

Enfin, la masse confuse de la grange se profila sur la gauche. Les portes étaient grandes ouvertes. Sans hésiter, Alice s'engagea sur le raidillon qui accédait à la bâtisse et se mit à l'abri. Puis, elle éteignit ses phares, coupa le contact et s'adossa à son siège en poussant un soupir de soulagement.

« Vous êtes arrivée juste à temps », dit une voix derrière elle.

Alice sursauta et, se retournant, découvrit une jeune fille qui la considérait avec curiosité.

Alice descendit de voiture et s'avança vers la jeune inconnue.

« Excusez-moi, fit-elle. Je suis confuse d'avoir pénétré ici sans votre permission.

— Il n'y a pas de mal. Vous êtes la bienvenue,

Elle craignait de perdre le contrôle
de sa voiture... →

mademoiselle. Je crois que vous feriez mieux d'attendre la fin de l'orage pour reprendre la route.

— Je ne voudrais pas vous déranger, répondit Alice.

— Allons nous mettre à l'abri dans la maison... »

Elle s'interrompit et, regardant Alice d'un air confus : « Excusez-moi, murmura-t-elle, j'ai complètement oublié de me présenter... Je m'appelle Millie... Millie Horner.

— Et moi Alice Roy.

— Seriez-vous par hasard la fille de maître James Roy, avocat de River City?

— Mais oui, fit Alice stupéfaite. Le connaissez-vous?

— Oh! non, j'ai seulement entendu parler de lui. Il est si renommé... » La jeune fille retira l'imperméable qu'elle portait et le tendit à sa compagne. « Tenez, lui dit-elle, enfilez cela. Je vais aller vous chercher des bottes.

— Jamais de la vie, protesta Alice. Si je prends votre manteau, que mettrez-vous?

— J'ai encore un vieux ciré qui doit traîner par là, accroché au fond de la grange. Il fera très bien l'affaire, et puis, de toute manière, ma robe ne craint pas la pluie! »

Bon gré, mal gré, Alice dut endosser le vêtement qu'on lui offrait et chausser des bottes de caoutchouc beaucoup trop grandes pour elle.

Les deux jeunes filles sortirent et refermèrent les portes derrière elles.

« Vite, ce n'est pas le moment de flâner, s'écria Millie. En avant! »

Elles s'élancèrent sous la pluie. Pataugeant dans

les flaques et dans la boue, elles contournèrent la grange et coururent vers la ferme. Comme elles atteignaient l'entrée de la cour, un éclair traversa le ciel, et les bâtiments délabrés surgirent de leur pénombre, illuminés d'un jour livide. Le coup de tonnerre qui suivit fut d'une violence inouïe. Au même instant, la pluie redoubla, et le vent fraîchit encore.

« Si cela continue, nous risquons d'avoir de la grêle », dit Millie en se précipitant sous la véranda qui abritait le devant de la maison.

Elle enleva ses bottes, attendit qu'Alice en eût fait autant, et, ouvrant la porte toute grande, introduisit sa compagne dans une vaste cuisine. Une jeune fille s'y affairait auprès du fourneau. Elle se retourna vers les arrivantes, surprise.

« Grace, je t'amène une visiteuse », annonça Millie. Puis, s'adressant à Alice : « Mademoiselle, continua-t-elle, je vous présente ma sœur. »

Grace Horner accueillit Alice avec un plaisir manifeste. Grande et mince comme sa sœur, mais brune autant que celle-ci était blonde, elle était l'aînée. Alice lui donnait quatre ou cinq ans de plus qu'à Millie. Un visage pensif, des yeux sombres, empreints d'une légère tristesse, laissaient deviner que de lourdes responsabilités avaient déjà dû peser sur les épaules de la jeune fille.

Alice éprouva tout de suite une vive sympathie pour les deux sœurs et répondit chaleureusement à leur accueil.

« Vous êtes vraiment très gentilles de me donner ainsi l'hospitalité, dit-elle.

— C'est pour nous un réel plaisir, assura Grace. Nous ne voyons jamais personne. Toutes nos amies habitent Masonville et nous n'avons guère l'occasion d'aller là-bas, mademoiselle...

— Oh! je vous en prie, appelez-moi Alice, comme tout le monde... »

Quelques instants plus tard, toutes trois bavardaient avec entrain, ravies de se trouver ensemble, comme des amies de longue date.

Mais Grace revint bientôt à son fourneau et sortit du four un gâteau qu'elle déposa sur une grille pour le laisser refroidir.

« Et maintenant, passons à la salle à manger, dit-elle. Je vais vous faire goûter à mon gâteau, Alice.

— La spécialité de la maison! annonça Millie gaiement. C'est que Grace est un fameux cordon bleu, vous savez... Quant à moi, je dois avouer que la cuisine n'est pas mon fort : je préfère m'occuper audehors. »

Grace ouvrit la porte de la salle à manger. Alice y entra la première. C'était une pièce vaste, de proportions agréables, mais si modestement meublée qu'elle donnait l'impression d'être presque vide. Un vieux canapé démodé, une table bon marché, et quelques chaises à haut dossier composaient tout le mobilier auquel s'ajoutait un antique poêle à bois. Le plancher ciré s'ornait de plusieurs de ces tapis tricotés à la main, comme on en faisait autrefois, et, aux fenêtres, des rideaux blancs à volants attestaient que, malgré leur pauvreté, les deux sœurs s'ingéniaient à rendre leur intérieur le plus attrayant possible.

« Mais sûrement, vous n'habitez pas cette ferme toutes seules? » questionna Alice.

Millie fit un signe affirmatif.

« Grace et moi vivons ainsi depuis la mort de notre

père, survenue, il y a deux ans, quelques mois à peine après celle de notre mère... », expliqua-t-elle d'une voix qui s'était brusquement voilée.

« Comment pouvez-vous mener votre exploitation sans aucune aide, je me le demande..., reprit Alice au bout d'un moment. Ce doit être très dur.

— Notre ferme n'est plus très importante, à présent, dit Grace tranquillement. Il ne nous reste guère que deux hectares de terres...

— Alice est certainement en train de chercher à comprendre comment nous pouvons joindre les deux bouts, mais elle n'ose pas nous poser la question! s'écria Millie en riant. C'est pourtant bien simple : Grace travaille pour une couturière de Masonville, quand celle-ci a de l'ouvrage à ne plus savoir où donner de la tête. Entre-temps, elle fait tous nos vêtements, et moi, j'élève des poulets!

— Millie est une vraie fermière, expliqua Grace avec un sourire. Nous nous partageons la besogne : je tiens la maison et elle travaille au-dehors.

— L'été, tout va bien. Nous récoltons des légumes en quantité suffisante pour notre consommation. Mais l'hiver, c'est plus dur, et cette année, je ne sais guère ce que nous allons devenir...

— Ne t'inquiète pas, Millie, dit Grace. Jusqu'ici, nous avons toujours réussi à surmonter nos difficultés... » Elle se leva et ajouta, s'adressant à Alice : « Je suis sûre que nous vous ennuyons avec nos histoires. Je vais vous faire une tasse de thé. »

Quelques instants plus tard, Grace reparut, apportant la théière et le gâteau sur un plateau recouvert d'un napperon. Et elle s'empressa de servir son invitée, avec autant d'aisance que si elle avait présidé à quelque réception dans un salon élégant.

« Je n'ai jamais rien mangé d'aussi bon », déclara Alice, gourmande.

Les jeunes filles continuèrent à bavarder en regardant la pluie tomber. Puis, Alice remarqua une très jolie gravure accrochée au mur de la salle à manger, et, comme elle l'admirait, Millie dit :

« C'est un cadeau de notre oncle Josiah... Hélas! si le pauvre homme était encore en vie, les choses seraient pour nous bien différentes... »

Alice sursauta. Cet oncle dont venait de parler Millie serait-il par hasard Josiah Crosley? Alice entendait encore son père lui dire que, parmi les personnes ayant espéré figurer sur le testament du vieillard, se trouvaient deux jeunes filles qui habitaient dans la vallée de la Muskoka... « Voici une affaire qui mérite d'être tirée au clair », décida-t-elle.

« Y a-t-il longtemps que votre oncle est mort? demanda-t-elle.

— En réalité, Josiah Crosley n'était pas notre oncle, répondit Grace. Mais nous l'aimions autant que s'il avait appartenu à notre famille. » Sa voix s'étrangla. Il y eut quelques instants de silence, puis la jeune fille reprit avec effort : « Josiah était notre voisin. Il ne quitta sa maison qu'après la mort de nos parents. Il semble vraiment que tous les malheurs nous soient arrivés à la fois...

— Oncle Josiah était le meilleur des hommes, ajouta Millie. Beaucoup de gens disaient de lui que c'était un original, mais, quand on le connaissait, on ne s'apercevait même plus de ses petites manies. Si vous saviez la bonté et l'affection qu'il nous témoignait! Il avait toujours habité à côté de chez nous..., et puis, un jour, il s'est laissé persuader par les Topham qui tenaient à l'emmener chez eux : il s'en est allé vivre dans leur maison, à River City. A partir de ce moment-là, tout a été changé...

— Mais il ne s'est jamais senti à l'aise avec les Topham, dit Grace. Ceux-ci n'étaient guère gentils avec lui, et il réussissait parfois à venir nous voir en cachette, n'est-ce pas, Millie?

— Oui. Il nous répétait que nous étions pour lui comme ses vrais enfants. Il ne savait que faire pour nous gâter. Nous l'aimions pour lui-même, non pour son argent. Après la mort de nos parents, il nous laissa entendre qu'il veillerait à ce que nous ne manquions de rien, et je me rappelle parfaitement qu'à sa dernière visite ici, il nous annonça son intention de nous inscrire sur son testament.

— Et à présent, ce sont les Topham qui vont hériter de lui, conclut Grace, d'un ton où perçait quelque amertume. Oh! nous ne comptions pas tellement sur cette succession, mais cela nous semble fort injuste qu'elle revienne tout entière à des gens qui se souciaient si peu d'oncle Josiah. Je suis persuadée qu'au fond il n'avait jamais eu l'intention de leur léguer sa fortune...

— Peut-être votre nom figure-t-il sur ce second testament dont on parle mais qui serait, paraît-il, introuvable », suggéra Alice.

Grace et sa sœur se regardèrent et, d'un signe de tête, approuvèrent.

« C'est bien notre avis, murmura Millie.

— N'y a-t-il donc rien à tenter? Ce ne serait que justice si vous entriez en possession de ce qui doit vous revenir...

Hélas! je crois qu'il nous faut abandonner tout espoir, dit Grace tristement. Nous sommes certaines qu'il existe un testament en notre faveur mais, comment pourrions-nous le prouver? D'ailleurs, nous n'avons pas les moyens d'engager un procès. »

Les deux sœurs se reprirent à parler de Josiah Crosley. En les écoutant, Alice comprenait mieux encore la profonde tendresse qu'elles avaient eue pour le vieillard.

Cependant, la pluie avait cessé et le soleil déjà commençait à percer à travers les nuages. Alice se leva.

« Ce que vous venez de me raconter est très intéressant, dit-elle. Peut-être mon père pourra-t-il vous venir en aide. Vous savez qu'il est avocat à River City...

— Oh! nous ne demandons rien! fit Grace vivement. Je ne comprends pas comment nous avons pu vous en dire autant sur cette affaire...

— Je suis très contente que les choses se soient passées ainsi et je vais faire de mon mieux pour vous aider, reprit Alice. Dites-moi, Grace, si mon père désirait vous voir, accepteriez-vous de prendre rendez-vous avec lui?

— Je pense que oui, répondit la jeune fille après une légère hésitation. Mais nous vous avons dit tout ce que nous savions...

— Qu'à cela ne tienne : papa a le talent de remarquer des détails auxquels personne ne pense, déclara Alice.

— Comme vous êtes gentille de penser à mettre votre père au courant de nos affaires, dit Millie. Nous serions si heureuses qu'il soit possible de tenter quelque chose... Naturellement, nous n'avons pas l'intention de réclamer ce qui doit revenir à d'autres personnes, mais il semble bien que nous ayons droit à une petite part de l'héritage.

— Malgré tout, je crois qu'il ne faut pas vous faire trop d'illusions avant d'avoir pris conseil de mon père, conseilla Alice en se dirigeant vers la porte. Mais soyez tranquilles, je vous promets de vous tenir au courant de ce qu'il me dira. »

CHAPITRE IV

CONVERSATIONS

APRÈS avoir remercié chaleureusement les deux
sœurs de leur hospitalité, Alice prit le chemin
du retour.

Elle roula avec une extrême prudence car la boue
rendait la chaussée très glissante. Et ce fut avec un
réel soulagement qu'elle quitta la route du bord de
l'eau.

« Au lieu de rentrer directement, je vais passer voir
papa à son bureau », décida-t-elle comme elle abor-
dait les faubourgs de River City.

Quand James Roy vit entrer sa fille dans son bureau, son visage s'éclaira.

« Me voici rassuré, dit-il avec soulagement. Tu ne peux savoir quel souci je me suis fait en pensant que tu étais sur la route par un temps aussi épouvantable.

— J'ai eu en effet une petite aventure », annonça Alice d'un ton important.

Elle s'empressa de raconter sa rencontre avec les demoiselles Horner et ce qu'elle avait appris au sujet du testament de Josiah.

« Grace et Millie sont pauvres comme Job, mais si fières..., dit Alice quand elle eut achevé son récit. Comme je voudrais que nous puissions leur venir en aide! Elles méritent certainement d'obtenir une part de cet héritage, mais jamais elles n'y parviendront si personne ne s'en mêle...

— D'après ce que tu viens de m'apprendre, il semblerait bien que Josiah leur ait en effet légué quelque chose, observa James Roy, songeur. Comme je n'ai pas grande sympathie pour Richard Topham, j'avoue que je ne serais pas fâché qu'il perdît un peu de cette fortune qu'il considère déjà comme la sienne... Ecoute, mon petit, je ne demande pas mieux que de conseiller ces deux jeunes filles. J'aimerais les voir. Peut-être pourrions-nous les inviter à la maison un de ces jours, qu'en penses-tu?

— Si tu veux, je vais leur demander de venir demain », proposa Alice.

James Roy consulta l'agenda posé sur son bureau.

« Très bien, fit-il. Justement je n'ai aucun rendez-vous au début de l'après-midi. C'est donc entendu pour demain à trois heures. »

42

Alice se jeta au cou de son père, ravie d'avoir obtenu ce qu'elle désirait.

« Je savais bien que tu essaierais de les aider », s'écria-t-elle. Elle esquissa quelques pas de danse, puis, se dirigeant vers la porte, lança gaiement : « Maintenant que j'ai ta promesse, je me sauve... Travaille bien! »

Cette rencontre fortuite avec Grace et Millie Horner avait encore accru l'intérêt qu'Alice prêtait à l'affaire Crosley, et ce fut avec beaucoup d'impatience qu'elle attendit la visite des deux jeunes filles.

Le lendemain, à l'heure dite, les sœurs Horner arrivèrent chez Alice qui les accueillit avec enthousiasme et les introduisit aussitôt dans le bureau de son père.

Un peu intimidées au premier abord, les jeunes filles ne tardèrent pas à se sentir plus à l'aise pour répondre aux questions qu'allait leur poser James Roy.

« Parlez-moi de Josiah Crosley, demanda l'avocat. Il passait, je crois, pour un homme assez bizarre.

— C'est vrai, s'écria Millie. Combien de fois l'ai-je vu chercher ses lunettes par toute la maison, alors qu'il les avait sur le nez!

— Lui arrivait-il parfois de cacher ses affaires? reprit James Roy.

— Je pense bien, fit Millie en riant. Il avait la manie de toujours vouloir les mettre en lieu sûr, du moins à ce qu'il prétendait, car il s'agissait le plus souvent d'un endroit si secret que lui-même ne parvenait plus à le retrouver!

— Ses propos vous ont-ils jamais permis de supposer qu'il avait caché quelque part un second testament? »

La jeune fille secoua la tête.

« Je ne m'en souviens pas, répondit-elle.

— Mais si! s'exclama Grace brusquement. Je me rappelle très bien qu'un jour qu'il était chez nous, il s'est mis à parler des Topham et de la manière dont ils espéraient capter sa fortune. « Ah! ils croient « l'affaire dans le sac, disait-il avec ce petit rire qui « lui était familier, mais j'ai l'impression qu'il leur « faudra déchanter quand ils s'apercevront que j'ai « rédigé un autre testament... Celui-ci ne sera confié à « personne : je vais le déposer en lieu sûr... »

— C'est vrai, reconnut Millie. J'avais complètement oublié...

— Josiah vivait-il déjà chez les Topham à l'époque où il vous fit cette confidence? » demanda James Roy.

Grace répondit d'un signe affirmatif.

« A votre avis, serait-il possible qu'il eût dissimulé son testament chez eux? continua l'avocat.

— Ceci n'est de ma part qu'une simple impression, bien sûr, répondit la jeune fille, mais je suis persuadée que les choses se sont passées ainsi. »

Alice et son père échangèrent un rapide coup d'œil. La même idée venait de leur traverser l'esprit : les Topham n'auraient-ils pas déjà découvert le second testament, auquel cas ils n'auraient certainement pas hésité à le détruire?

James Roy posa encore quelques questions aux deux sœurs; celles-ci répondirent de leur mieux, mais ne purent fournir aucun autre renseignement susceptible d'éclaircir le mystère.

Alice servit le thé, puis les jeunes filles se levèrent et prirent congé en remerciant James Roy de l'intérêt qu'il leur manifestait.

« S'il est possible de vous aider de quelque manière que ce soit, je le ferai très volontiers », dit l'avocat en accompagnant ses visiteuses jusqu'à la porte. « Et ne vous inquiétez pas au sujet des honoraires. D'ailleurs, je ne puis tenter grand-chose tant que l'on n'aura pas retrouvé ce second testament... »

Après le départ des deux sœurs, Alice se tourna vers son père et l'interrogea du regard.

« Tu avais raison, mon petit, dit James Roy aussitôt, ces jeunes filles sont charmantes et méritent sans aucun doute que l'on s'intéresse à elles.

— Alors, tu te charges de leur affaire? demanda vivement Alice.

— Hélas! je crains de ne pouvoir faire beaucoup, répondit-il avec regret. Il est probable que le testament se trouve à jamais perdu. Il aurait été détruit que je n'en serais nullement surpris.

— Ainsi, tu penses que les Topham... », commença Alice. Puis, voyant que son père hochait la tête en signe d'assentiment, elle continua : « J'ai eu la même idée que toi, papa. Si le document est tombé entre les mains de ces gens-là, je les crois fort capables de l'avoir fait disparaître.

— Je suis de ton avis, Alice. Néanmoins, ce ne sont là que des suppositions de notre part. Aussi, serait-il d'une extrême maladresse de communiquer nos soupçons aux demoiselles Horner en l'absence de toute preuve. Bien que tes protégées aient un droit incontestable à revendiquer une partie de la succession Crosley, aucune action efficace ne saurait être entreprise dans ce sens si le second testament n'est pas retrouvé.

— Tu as sans doute raison », reconnut Alice.

Cependant, elle n'était pas pour autant disposée à abandonner ses nouvelles amies.

« Evidemment, si le testament a été détruit, je ne vois guère ce que l'on peut faire, ajouta-t-elle, mais encore faudrait-il en avoir la preuve, et tant que je ne l'aurai pas obtenue, je ne me tiendrai pas pour battue! » Alice se redressa, l'air décidé, et conclut bravement : « Quoi qu'il arrive, je finirai bien par savoir ce qu'est devenu le second testament de Josiah Crosley! »

CHAPITRE V

NOUVELLE RENCONTRE

LES JOURS SUIVANTS passèrent sans qu'Alice découvrît le moyen de savoir si le second testament de Josiah Crosley était tombé aux mains des Topham.

Elle évitait d'aborder le sujet avec son père, mais celui-ci n'était pas dupe de cette feinte indifférence.

« Je vois bien que cette affaire Crosley continue à te préoccuper, dit-il un jour à Alice en déjeunant. Tu te fais du souci pour tes amies les fermières. Ecoute, mon petit, il ne faut pas prendre tout ceci trop à cœur. »

Alice sourit tristement.

« Que veux-tu, papa, je ne puis m'empêcher de me tourmenter pour ces deux pauvres filles. J'étais tellement persuadée de pouvoir leur venir en aide.

— Essaie de penser à autre chose, mon petit, dit James Roy avec bonté. Et peut-être te viendra-t-il une idée au moment où tu t'y attendras le moins.

— Tu as raison. Je vais descendre en ville faire quelques achats. J'espère que la promenade et le grand air me seront salutaires. »

Le déjeuner terminé, Alice se mit en route. Renonçant à prendre sa voiture, elle se dirigea vers le centre commerçant de River City. Lorsqu'elle fut parvenue en ville, elle se rendit dans un grand magasin. Là, soudain, elle remarqua deux jeunes filles qui venaient de la dépasser et la distançaient rapidement. Elle s'arrêta net, car point ne lui était besoin de voir leur visage pour les reconnaître :

« Ada et Mabel Topham! murmura-t-elle, vite filons d'un autre côté : je n'ai aucune envie de me retrouver en présence de ces deux pimbêches! »

Mais Alice n'eut pas le temps de s'esquiver : à l'instant même, elle vit Mabel, qui frôlait négligemment un comptoir chargé de bibelots, accrocher avec sa manche un vase de cristal. Celui-ci s'écrasa sur le sol où il se brisa en mille morceaux.

Mabel s'était retournée, surprise, et, tandis qu'elle considérait le désastre, une légère rougeur empourpra son visage. Puis elle releva la tête d'un air de défi et se détourna, hautaine. Comme elle allait s'éloigner, une vendeuse s'avança vers elle et lui dit poliment :

« Excusez-moi, mademoiselle, mais je crains qu'il ne vous faille rembourser le prix de cet objet... »

Mabel fit volte-face, furieuse, et dévisagea la jeune femme avec insolence.

« Je ne paierai pas! s'écria-t-elle. Ce n'est pas moi qui ai cassé ce vase!

— Je vous ai vue le faire tomber du comptoir, mademoiselle », protesta la vendeuse.

Cependant la scène avait attiré l'attention des acheteuses, et celles-ci commençaient à se rassembler lorsque survint le chef de rayon.

Profitant de l'affluence, Alice s'approcha du groupe.

« Monsieur, cette effrontée ose m'accuser d'avoir brisé un vase, déclara Mabel, au comble de la rage. Alors que je n'étais même pas devant le comptoir à ce moment-là! C'est elle-même qui l'a fait tomber : je l'ai très bien vue! »

Le chef de rayon regarda la vendeuse d'un air perplexe. Sachant quelle grave erreur il commettrait en accusant à tort des clientes riches et influentes, il inclinait à leur accorder le bénéfice du doute. Pourtant il hésitait à le faire et, désireux de gagner quelque répit, il se baissa pour ramasser l'un des fragments de cristal épars sur le sol.

« C'était une pièce de grand prix, dit-il en l'examinant avec soin. Un Baccarat importé de France... Dans ces conditions, il faut absolument que le magasin soit dédommagé de cette perte importante...

— Eh bien, vous n'aurez qu'à retenir la somme nécessaire sur le salaire de votre employée, répliqua Mabel. Tant pis pour elle, puisqu'elle a eu la sottise de provoquer cet accident! »

La vendeuse était si bouleversée qu'elle ne songeait même pas à se défendre. Et comme le chef de rayon semblait plus embarrassé que jamais, Alice comprit qu'il allait s'en laisser imposer par l'attitude des deux sœurs. Alors, elle s'avança et, s'adressant à Mabel :

« Je crois, mademoiselle, que vous faites erreur, dit-elle calmement. Pour ma part, je puis affirmer que la vendeuse n'est pas en cause : j'ai été témoin de l'incident.

— En quoi cela vous concerne-t-il, je vous prie? riposta la jeune fille. Mêlez-vous donc plutôt de vos affaires!

— Peu importe que ceci me regarde ou non, je ne vous permettrai pas d'accuser quelqu'un sans raison...

— Vous étiez là, mademoiselle? questionna le chef de rayon, se tournant vers Alice.

— Oui, monsieur, et quand Mlle Topham est passée le long de ce comptoir, j'ai fort bien vu sa manche accrocher le vase...

— C'est faux! coupa Mabel. D'ailleurs, cette discussion est complètement ridicule. Je suis excédée... Finissons-en : combien vous dois-je, monsieur? »

Le chef consulta une liste de prix.

« Cinquante dollars, mademoiselle!

— Comment! s'écria Mabel d'une voix stridente. Vous osez me réclamer une somme pareille pour cette verroterie? Eh bien, vous n'aurez pas un sou, vous entendez, pas un sou!

— Je regrette, mademoiselle. Comme je vous l'ai dit, ce vase était malheureusement une pièce de valeur, et je dois m'en tenir au prix indiqué... »

Cependant Ada, plus sensée que sa sœur, commençait à s'inquiéter de la tournure que prenait l'incident. Et tirant Mabel à l'écart, elle échangea avec elle quelques mots à voix basse.

« Très bien, je vais payer », décida la jeune fille

au bout d'un instant. Elle ouvrit son sac, prit son carnet de chèques, puis ajouta à l'intention du chef de rayon : « Vous aurez donc vos cinquante dollars, mais je vous préviens que l'affaire n'est pas terminée... Vous entendrez parler de moi! »

Elle se tourna ensuite vers Alice et fixant sur elle un regard glacé, elle lança d'une voix tremblante de colère :

« Quant à vous, ma chère, soyez tranquille, vous ne perdrez rien pour attendre. Vous aurez aussi de mes nouvelles, et je vous assure que l'affront que je viens de subir vous coûtera cher! »

Alice sourit sans répondre, et son air amusé mit le comble à la rage des deux sœurs. Mabel se hâta de libeller son chèque et de le remettre à la caisse, puis elle s'éloigna et quitta le magasin, suivie d'Ada, la tête haute, avec de grands airs de reine offensée.

Dès qu'elles eurent disparu, la vendeuse se confondit en remerciements auprès d'Alice.

« Vous ne pouvez savoir combien je vous suis reconnaissante, mademoiselle, dit-elle. Jamais je n'aurais pu rembourser ce vase si vous n'aviez pas pris ma défense, et je risquais de perdre ma place.

— J'avais vu ce qui s'était passé et je tenais à ce que vous ne fussiez pas victime d'une injustice.

— Merci, mademoiselle. Mais j'ai bien peur que vous ne vous soyez fait deux ennemies à cause de moi... »

Alice haussa les épaules.

« Cela n'a aucune importance. Nous n'avons jamais été très bonnes amies, les sœurs Topham et moi... »

Soudain Alice s'aperçut que l'on formait le cercle autour d'elle, et elle se hâta de quitter le magasin, sous les regards admiratifs et curieux des clients qui avaient assisté à la scène.

« Quand je pense que ces deux chipies vont hériter toute la fortune de Josiah Crosley, mon sang ne fait qu'un tour », songeait-elle en se dirigeant à pas lents vers le jardin public, qui s'étendait au centre de la ville. « Et dire que Grace et Millie Horner auraient si grand besoin de cet argent... »

Alice entra dans le parc et s'arrêta un instant pour se désaltérer à une petite fontaine. Comme elle relevait la tête, elle s'aperçut avec stupéfaction qu'elle s'était engagée sans le savoir dans la même direction que les sœurs Topham. Celles-ci avaient en effet pris le chemin du parc en quittant le magasin, et elles étaient maintenant assises sur un banc, à peu de distance de l'endroit où se trouvait Alice. Elles semblaient tenir une conversation fort animée à en juger

par l'agitation de leurs têtes toutes proches l'une de l'autre.

« Je parie qu'elles sont en train de parler de moi », se dit Alice, hésitant à poursuivre sa route. A moins de faire demi-tour immédiatement, il lui faudrait passer devant les deux jeunes filles, perspective qui ne lui souriait guère...

« Si elles me voient, elles vont sûrement en profiter pour me lancer une méchanceté, pensa-t-elle, et je sens que je ne pourrai jamais m'empêcher de leur dire leurs quatre vérités. J'ai une idée : je vais prendre cette petite allée qui contourne le massif d'arbustes auquel leur banc est adossé. Comme cela, je pourrai passer derrière elles sans qu'elles m'aperçoivent! »

Alice n'avait certes aucune intention de chercher à surprendre ce qui se disait, mais au moment où elle parvenait à la hauteur du banc sur lequel étaient assises les sœurs Topham, l'un des mots que prononçait Ada frappa soudain ses oreilles : on parlait de testament!

Alice s'approcha avec précaution des arbustes qui masquaient le banc. Ils étaient par bonheur suffisamment épais pour qu'elle pût se tapir au ras du sol sans être vue.

Il y eut un instant de silence. Alice attendit, retenant son souffle.

« Cela ne fait aucun doute, Mabel, reprit enfin Ada, d'un ton amer. S'il existe par malheur un second testament, nous pouvons dire adieu à l'héritage...

— Pourquoi veux-tu que Josiah Crosley ait ainsi changé d'avis? objecta Mabel, parlant à voix basse. Moi, je ne suis pas sûre du tout qu'il ait rédigé un autre testament.

— Ce n'est pas l'avis d'Alice Roy, à en juger par la sollicitude qu'elle témoigne à Grace et à Millie Horner... Elle les avait invitées à goûter la semaine dernière : je les ai vues entrer chez elle. Vas-tu me dire pourquoi elle s'intéresserait à ces deux pauvresses si elle n'avait pas flairé quelque chose? Il faut qu'elle se mêle de tout... Je la déteste! Pourvu que son père n'aille pas se mettre de la partie, lui aussi : il serait capable de dénicher ce maudit testament!

— Et puis après? Si cela arrivait, nous pourrions faire confiance à papa, répliqua Mabel sèchement.

— Que veux-tu dire?...

— Tu penses bien que nos parents n'auraient pas la sottise de laisser échapper cette fortune qui nous revient de droit! répondit Mabel.

— C'est vrai. Hériter de tout ce qu'il possédait ne sera jamais qu'une juste récompense pour l'avoir supporté chez nous près de trois ans! » Ada réfléchit un moment, puis reprit : « Mais tu diras ce que tu voudras, je n'aime guère la façon dont cette petite peste d'Alice paraît vouloir s'occuper des sœurs Horner. Elle a une si fâcheuse habitude de mettre son nez dans ce qui ne la regarde pas...

— Bah! laisse-la donc faire, conseilla Mabel d'un ton méprisant. Qu'elle cherche et qu'elle trouve ce qui lui plaira, peu importe! Nos droits sont indiscutables : l'argent de Josiah nous appartient. »

Sur ces mots, Ada et Mabel Topham se levèrent. Poursuivant leur promenade, elles s'éloignèrent dans l'allée. Alice attendit quelques minutes avant de quitter sa cachette, puis elle observa prudemment les alentours. Les deux jeunes filles avaient disparu. Avisant le banc où elles s'étaient assises. Alice s'y laissa tomber avec un soupir de soulagement.

« Allons, murmura-t-elle, peut-être reste-t-il quand même une chance de découvrir ce second testament... Tout n'est pas perdu. Seulement, il est bien certain que si jamais les Topham mettent la main sur ce papier, ils ne s'en vanteront pas! D'après ce que disaient Mabel et Ada, ils commencent à se rendre compte que leur position n'est pas aussi solide qu'ils le croyaient... Il n'y a donc pas une minute à perdre : si je veux trouver le testament, il faut que je prenne de vitesse ces gens-là! »

Tandis qu'Alice continuait à repasser dans son esprit le peu qu'elle connaissait de l'affaire Crosley, elle avait l'impression de négliger involontairement un détail important. Lequel? C'était le problème... Jamais mystère n'avait semblé plus déconcertant.

Les minutes passèrent. Alice demeurait immobile, perdue dans ses réflexions. Soudain, elle sauta sur ses pieds en poussant un cri de joie.

« Comment n'y ai-je pas pensé plus tôt! s'exclama-t-elle. Grace et Millie ne sont pas les seules héritières de Josiah : celui-ci avait d'autres parents et qui, paraît-il, auraient dû figurer également sur son testament. D'ailleurs, papa m'a dit l'autre jour qu'ils avaient fait état de leurs droits, eux aussi... Je me demande qui sont ces gens? Si je pouvais les voir et leur parler, peut-être me donneraient-ils quelque détail intéressant... »

Persuadée qu'elle venait d'avoir une heureuse inspiration, Alice décida de consulter son père sans délai.

Elle se hâta de sortir du parc et quelques minutes plus tard elle sonnait à la porte de l'avocat.

« Eh bien, que se passe-t-il donc? » demanda James Roy en voyant sa fille survenir à l'improviste, le visage animé, les yeux brillants.

« Oh! papa, s'écria-t-elle, il m'est venu une idée, mais j'ai absolument besoin d'un renseignement. C'est très important!

— Je suis à ta disposition, mon petit. »

Alice se mit à raconter sa rencontre avec les sœurs Topham et l'incident survenu dans le magasin, puis elle rapporta la conversation qu'elle avait surprise dans le parc.

James Roy écouta sa fille avec attention, puis il lui demanda gravement :

« Et maintenant, que comptes-tu faire?

— Je voudrais entrer en contact avec les autres héritiers de Josiah. Peut-être obtiendrais-je ainsi quelque renseignement utile...

— C'est, ma foi, une excellente idée.

— Alors... comme j'ignore le nom de ces gens-là, je suis venue te trouver...

— Je ne demanderais pas mieux que de t'aider, fit James Roy avec regret. Malheureusement, je n'en sais pas plus long que toi. »

Alice prit un air consterné. Elle se leva sans mot dire. Déjà, elle s'apprêtait à sortir quand, d'un geste, son père l'arrêta :

« Attends, dit-il, je crois pouvoir t'indiquer où tu as des chances de trouver ce que tu cherches...

— Où donc? interrogea la jeune fille, surprise.

— Au greffe du tribunal, puisque les parents de Josiah ont intenté une action afin de faire valoir leurs droits à héritage. » James Roy s'interrompit pour jeter un coup d'œil à sa montre et, fronçant le sourcil : « Mais il est trop tard à présent pour songer à consulter les registres du greffier...

— Et moi qui aurais tant voulu être fixée le plus rapidement possible, dit Alice en soupirant. Il peut suffire d'un seul jour perdu pour que les Topham découvrent le testament de Josiah avant moi! »

Tout à coup le visage de la jeune fille s'éclaira.

« J'ai une idée! s'écria-t-elle avec fougue. Je vais me dépêcher de rentrer à la maison, sauter dans ma voiture et filer chez Grace et Millie. Elles sauront bien me donner le nom des autres héritiers de Josiah!

— C'est en effet une chose à tenter.

— Et je vais le faire tout de suite! décida Alice en se précipitant vers la porte.

— Un instant encore, mon petit, dit James Roy. Je ne suis pas sûr que tu aies pleinement conscience de ce qui t'attend.... Dis-toi bien que les Topham ne lâcheront pas la fortune de Josiah sans se battre avec bec et ongles. Mais au cas où les choses se gâteraient vraiment, tu peux être sûre que je m'en mêlerais, et ce serait alors à moi que Richard Topham aurait affaire... Ah! comme je voudrais avoir le temps de rechercher ce testament avec toi!

— Dis-moi, papa : si je le retrouve, que feras-tu?

— Je soutiendrai la cause des nouveaux héritiers devant le tribunal, pardi!

— Oh! merci, papa! Personne au monde n'est plus gentil que toi! »

Alice envoya un baiser à son père et sortit du bureau.

CHAPITRE VI

JOURNÉE DÉCEVANTE

ALICE se hâta de rentrer chez elle. Sans perdre une minute, elle sortit sa voiture du garage et prit la grand-route de Masonville sur laquelle s'embranchait le chemin secondaire en bordure duquel s'élevait la ferme des sœurs Horner.

Avant de s'engager sur la route du bord de l'eau, elle jeta un coup d'œil anxieux vers le ciel. Il était sans nuages.

« Cette fois-ci, je n'ai rien à craindre, se dit-elle.

Tant mieux, car je ne tiens pas à revoir un orage comme celui de l'autre jour! »

Alice roulait maintenant à petite allure sur le chemin dégradé par les dernières pluies. Durement secouée par les cahots, bien qu'elle s'efforçât d'éviter les ravines et les trous qui parsemaient sa route, Alice poussa un soupir de soulagement en apercevant les toits de la ferme.

Celle-ci lui parut encore plus vieille et plus délabrée qu'à sa première visite. La maison d'habitation qui, sans doute, avait eu jadis assez grand air, était flanquée de dépendances construites sans plan bien défini, au gré des générations successives ayant exploité le domaine. Bâtie en bois, comme la plupart des fermes anciennes du Middle West, elle offrait un aspect misérable, avec ses murs grisâtres qui depuis longtemps n'avaient plus reçu la moindre couche de peinture. Des planches commençaient à glisser de la toiture disjointe, et l'immense véranda qui garnissait la façade fléchissait, comme prête à s'effondrer. Quant à la grange où Alice s'était réfugiée le jour de l'orage, on se demandait par quel miracle elle tenait encore debout.

« Si Grace et Millie avaient seulement les moyens de faire effectuer les travaux indispensables..., se dit-elle en soupirant. Cette maison ne manque pas de caractère, et une fois réparée, je suis sûre qu'elle serait très jolie. »

Alice arrêta sa voiture devant l'entrée de la cuisine et, sautant à terre sans perdre une minute, courut frapper à la porte.

Comme elle n'obtenait aucune réponse, elle s'empressa d'aller sonner à l'autre entrée de la maison, sous la véranda. N'ayant pas plus de succès, elle fit le tour de la ferme, mais hélas! sans trouver personne.

Le découragement s'empara alors d'Alice.

« Je n'ai vraiment pas de chance, pensa-t-elle avec tristesse. Il ne me reste qu'à rentrer chez moi pas plus avancée qu'au départ... »

Soudain, une voix la héla :

« Alice! Alice! »

Sur le point de remonter en voiture, elle se retourna, et vit ses deux amies qui accouraient du fond du jardin situé derrière la grange. Distançant sa sœur, Millie ne prit pas le temps d'ouvrir la barrière et sauta par-dessus.

« Nous vous avons aperçue au moment où vous traversiez la cour, s'écria-t-elle.

— Nous étions en train de cueillir des mûres dans la haie », expliqua Grace, survenant à son tour, haletante. Elle montra fièrement à Alice le petit seau de fer-blanc qu'elle tenait à la main, rempli jusqu'au bord de mûres et de framboises sauvages.

« Regardez donc comme nous nous sommes arrangées! » dit Millie en riant. Ses bras et ceux de sa sœur étaient couverts d'égratignures. « Heureusement que nous ne craignons pas les ronces!

— Venez à la maison, Alice, proposa Grace. Nous allons vous faire goûter à notre récolte, et vous nous en direz des nouvelles... Avec de la crème fraîche et du sucre, nos mûres sont délicieuses, n'est-ce pas, Millie?

— Oui, mais à condition de ne pas en manger trop souvent, répondit la jeune fille avec un soupir.

— Vous savez, fit Alice tandis que les deux sœurs l'entraînaient dans la maison, je n'entre chez vous qu'un instant : je suis venue vous voir en coup de vent parce qu'il fallait absolument que je vous parle du testament de Josiah...

— Mon Dieu, auriez-vous une bonne nouvelle à nous annoncer? s'écria Millie, pleine d'espoir. Allons-nous vraiment toucher une partie de l'héritage?

— Hélas! je n'en sais rien encore, avoua Alice. Jusqu'à présent, il m'a été impossible d'obtenir le moindre renseignement sur ce second testament dont vous m'avez parlé. »

A ces mots, un profond désappointement se peignit sur les traits de Millie. Cependant elle se hâta de maîtriser son émotion :

« Cet argent nous serait d'un tel secours... expliqua-t-elle avec un sourire confus.

— Cessons de penser à cela, ce sera beaucoup plus sage, dit Grace fermement. Nos affaires ne vont pas si mal en temps ordinaire, quand j'ai du travail... Pour l'instant, bien sûr, nous sommes un peu démoralisées parce que la couture ne donne guère : c'est la morte saison, et puis il est tellement plus commode d'acheter une robe toute faite dans le premier magasin venu que d'aller chez la couturière...

— Je ne suis pas du tout de votre avis, Grace, s'écria Alice, qui venait d'avoir une idée pour aider ses amies. J'aimerais beaucoup vous commander une robe. Voulez-vous travailler pour moi? Vos conditions seront les miennes. »

Les yeux de Grace se remplirent de larmes.

« Merci, Alice. Vous ne pouvez savoir ce que cette offre représente pour nous, dit-elle avec émotion. Il y aura bientôt trois mois que je n'ai plus de travail. Si j'étais seule, cela me serait bien égal de me priver..., mais c'est à cause de Millie. » La voix de la jeune fille se brisa, et elle acheva dans un souffle :

« J'avais tant promis à maman de veiller sur elle... »

Bouleversée, Millie s'élança vers sa sœur et la prit dans ses bras.

Un silence oppressant s'établit qu'Alice rompit aussitôt :

« J'achèterai demain du tissu pour une robe et je viendrai vous l'apporter ces jours-ci, dit-elle. Et maintenant, je voudrais vous poser quelques questions sur M. Crosley. Se rendait-il parfois chez d'autres gens que les Topham ?

— Oui, fit Millie sans l'ombre d'une hésitation. Les Topham n'étaient que ses cousins très éloignés, vous savez, et oncle Josiah avait encore de proches parents qu'il voyait fréquemment. »

Grace approuva d'un signe de tête.

« Avant d'aller s'installer chez Richard Topham, ajouta-t-elle, Josiah partageait son temps entre les

autres membres de sa famille qui, tous, lui avaient offert l'hospitalité.

— Pouvez-vous me donner le nom de ces gens-là? questionna Alice.

— Voyons... » Grace réfléchit un instant. « Il y a ces deux cousines qui habitent Masonville...

— Mathilde et Emma Turner, dit Millie. Ce sont des vieilles filles charmantes qui aimaient beaucoup oncle Josiah et se sont toujours montrées très gentilles pour lui.

— Il y a aussi des neveux, reprit Grace. William et Fred Morris. Ils exploitent une ferme aux environs. Tout le monde était persuadé qu'ils hériteraient d'oncle Josiah, eux aussi.

— Où habitent-ils exactement? demanda Alice.

— A sept ou huit kilomètres d'ici, sur la même route que nous, en allant vers Masonville... »

Alice se leva, prête à partir.

« Je vais faire d'une pierre deux coups et passer chez ces fermiers avant de me rendre chez les vieilles demoiselles de Masonville. » Elle jeta un coup d'œil à sa montre. « Il est déjà tard, continua-t-elle, mais, ma foi, tant pis : j'espère que ces gens-là m'apprendront quelque chose d'intéressant sur le testament. »

A ce moment, Millie se tourna brusquement vers sa sœur.

« Dis donc, Grace, s'écria-t-elle, nous avons oublié de parler à Alice de Jessica Rowen. Je parierais qu'elle en sait plus long que n'importe qui sur les affaires d'oncle Josiah!

— C'est vrai », reconnut Grace. Et elle continua, s'adressant à Alice : « Il faut absolument que vous alliez la voir. C'est elle qui a soigné notre oncle quand il est tombé malade, peu de temps après la mort de

sa femme. Il lui en avait gardé une grande reconnaissance, il nous disait souvent qu'elle ne serait pas
oubliée sur son testament...

— Comme je voudrais que cela fût vrai, dit Millie. Jessica est si vieille et si pauvre... Elle ne doit
pas avoir loin de quatre-vingts ans et n'a plus personne qui puisse s'occuper d'elle.

— Où habite-t-elle? demanda Alice.

— Sur la route du lac Monghela. C'est assez loin
d'ici, et il faudrait que vous vous renseigniez en chemin, car nous ne savons pas très bien où se trouve la
maison. Nous ne sommes jamais allées chez Jessica.

— Je n'aurai pas le temps de faire cette visite
aujourd'hui, mais j'irai dès demain, promit Alice. Et
maintenant, il faut que je me dépêche si je veux rentrer à River City avant la nuit. »

Elle se hâta de prendre congé de ses amies. Celles-
ci l'accompagnèrent jusqu'à sa voiture, puis la regardèrent s'éloigner.

« Quel cran elles ont toutes les deux! songeait
Alice. Jamais je ne me serais doutée qu'elles se trouvaient dans une situation aussi épouvantable. Il faut
à tout prix que je parvienne à les tirer de là! »

Alice roulait vers Masonville, résolue, en dépit de
l'heure tardive, à s'arrêter chez les frères Morris
avant de se rendre auprès de Mathilde et d'Emma
Turner.

Lorsqu'elle eut parcouru cinq ou six kilomètres,
elle ralentit afin de pouvoir lire au passage les noms
inscrits sur les boîtes à lettres qui jalonnaient le
bord de la route.

Enfin, Alice aperçut le nom qu'elle cherchait. Une
allée menait vers des bâtiments à demi cachés par
un bouquet d'arbres. Alice s'y engagea.

C'était William Morris, l'aîné des deux frères. →

Quelques instants plus tard, la voiture débouchait dans une cour de ferme. Un homme parut sur le pas d'une porte et regarda la conductrice avec étonnement. Alice sauta à terre et, s'avançant vers lui, se présenta. Le fermier se nomma à son tour : c'était William Morris, l'aîné des deux frères. Rapidement, elle exposa le but de sa visite. Craignant sans doute d'avoir affaire à quelque émissaire envoyé par Richard Topham, le fermier manifesta d'abord une certaine défiance. Puis, s'étant enfin convaincu de la sincérité de son interlocutrice, il se décida à lui parler franchement.

« Mon frère et moi, nous avons fait état de nos droits à l'héritage de Josiah Crosley, expliqua-t-il. Vous savez que ce dernier était notre cousin..., et il nous avait promis de nous laisser quelque chose. Aussi sommes-nous persuadés qu'il doit exister un autre testament.

— Avez-vous vu ce document? » demanda Alice, le cœur battant.

William Morris secoua la tête.

« Non, mademoiselle. Nous ne possédons aucune preuve que Josiah ait tenu sa promesse à notre égard, mais ce dont nous sommes certains, c'est qu'il ne portait pas les Topham dans son cœur. Il savait que ces gens-là ne l'avaient recueilli que par intérêt, et l'on ne m'ôtera pas de l'idée qu'il était décidé à ne pas leur laisser un sou.

— Peut-être a-t-il négligé de rédiger un second testament...

— Cela m'étonnerait de Josiah. Il était parfois bizarre, il avait ses manies et ses défauts, mais quand il s'agissait de ses affaires ou de questions d'argent, personne ne pouvait lui en remontrer : il pensait à

65

tout. Non, je croirais plus volontiers qu'il a bel et bien écrit un second testament, et puis qu'il l'a caché quelque part...

— Avez-vous une idée de l'endroit où il aurait pu le dissimuler?

— Pas la moindre, mademoiselle. Mais je vous assure que mon frère et moi nous offririons une jolie récompense à la personne qui serait assez maligne pour dénicher ce papier! »

Alice posa encore quelques questions au fermier. Celui-ci était malheureusement incapable de lui fournir aucun autre renseignement; la jeune fille s'excusa de l'avoir dérangé et regagna sa voiture.

« Rien, toujours rien, se dit-elle, poursuivant sa route vers Masonville. Je ne fais que recueillir des impressions, des on-dit... Mon Dieu, quand vais-je enfin rencontrer des détails et des faits précis? »

Les demoiselles Turner habitaient un modeste pavillon aux environs de Masonville. Sans être vraiment dans la gêne, elles vivaient chichement de petites rentes.

Mathilde et Emma Turner écoutèrent avec intérêt les explications d'Alice et répondirent de la meilleure grâce aux questions que celle-ci leur posa. Mais elles ne purent rien lui apprendre qu'elle ne sût déjà.

Comme William Morris, les deux sœurs se montrèrent convaincues que Josiah Crosley n'avait jamais eu l'intention de léguer sa fortune à la famille Topham. Elles croyaient, elles aussi, à l'existence d'un second testament, mais sans avoir la moindre idée de ce qu'il pouvait être devenu.

« Pourquoi n'iriez-vous pas consulter notre vieille cousine Jessica Rowen? suggéra finalement Mathilde Turner. Notre parent avait une extrême confiance en elle, et je suis persuadée que personne au monde ne connaissait aussi bien qu'elle les marottes et les petits secrets de Josiah! »

La nuit tombait quand Alice quitta les demoiselles Turner. Lasse et découragée, elle reprit aussitôt la route de River City.

« Encore une journée perdue, songeait-elle. Mes recherches n'ont pas avancé d'un pas, je ne sais toujours rien de ce maudit testament et pourtant, je suis sûre qu'il existe! J'irai voir Jessica Rowen demain. Ce sera ma dernière chance. »

CHAPITRE VII

JESSICA

« VOICI la maison de Jessica, sûrement. C'est bien ainsi que me l'a décrite ce fermier à qui j'ai demandé mon chemin tout à l'heure. »

Alice s'arrêta devant une humble maisonnette, bâtie au milieu d'une cour où poussaient le pissenlit et les herbes folles. Basse, tassée sous son toit, ses volets et sa porte délavés par les intempéries lui donnaient un aspect misérable. Des piquets manquaient à la clôture branlante qui l'entourait, et l'escalier de bois par lequel on accédait à sa minuscule véranda commençait à s'effondrer.

Alice avait quitté River City ce matin-là de bonne heure. S'étant engagée sur la route du lac Monghela sans posséder d'autres indications que celles données par Grace et Millie Horner, il lui avait fallu se renseigner auprès des passants rencontrés en chemin. Après quelques explications, chacun d'eux lui avait dit en manière de conclusion :

« Vous ne pouvez pas vous tromper : il n'y a pas une seule autre maison par ici qui soit aussi vieille et aussi délabrée que celle de Jessica! »

Alice frappa à la porte et, n'obtenant pas de réponse, toqua une seconde fois. Quelques instants s'écoulèrent. Déçue, elle allait tourner les talons quand elle crut entendre à l'intérieur un léger bruit.

« Qui est là? demanda une voix étouffée. Si vous êtes un marchand, passez votre chemin : je n'ai besoin de rien.

— Je ne viens pas ici vous faire l'article pour vous vendre quoi que ce soit, rassurez-vous, dit Alice. Je voudrais seulement vous voir et causer avec vous. Ouvrez-moi, je vous en prie. »

Il y eut un long silence, puis la voix reprit, tremblante :

« Je ne peux pas bouger... Je suis si malade... »

Sans hésiter, Alice poussa la porte et pénétra dans une pièce modestement meublée. Tout au fond, une vieille femme gisait, recroquevillée sur un sofa. Un châle déchiré lui servait de couverture. Son visage pâle était creusé par la souffrance.

« Bonjour, madame, dit la visiteuse en s'approchant. Je me nomme Alice Roy et je désire vous aider. »

La malade posa sur la jeune fille un humble regard, étonné comme celui d'un enfant.

« Vous voulez m'aider, répéta-t-elle, incrédule. Je ne pensais pas que personne pût encore s'intéresser à la pauvre Jessica.

— Quelle idée! » s'écria Alice. Et, se penchant vers la femme : « Attendez, dit-elle, je vais arranger vos coussins. »

Doucement, elle souleva la vieille dame et l'installa dans une position plus confortable.

« Je suis tombée hier dans l'escalier de ma cave, expliqua Jessica. Depuis, la hanche me fait très mal, et j'ai bien peur de m'être aussi foulé la cheville.

— Avez-vous essayé de marcher un peu pour voir comment allait votre hanche? demanda Alice inquiète.

— Oui. J'ai fait quelques pas. »

Alice poussa un soupir de soulagement.

« Vous n'avez donc rien de cassé, conclut-elle, c'est l'essentiel. Voyons, montrez-moi votre cheville... Mais il faudrait la bander! Je vais m'en occuper tout de suite. Avez-vous le nécessaire!

— Vous trouverez un morceau de toile blanche dans le placard de la cuisine », indiqua Jessica.

Alice secoua la tête et dit fermement :

« Cela ne saurait convenir. Vous avez une bonne entorse et il ne s'agit pas de vous bander la cheville n'importe comment. A mon avis, vous feriez même mieux de demander le médecin...

— Hélas! comment pourrais-je le payer? murmura la pauvre vieille.

— Ne vous inquiétez pas de cela, répliqua Alice. Je m'en arrangerai. »

Jessica se redressa sur ses coussins et regarda sa visiteuse droit dans les yeux.

« Je n'ai jamais rien demandé à personne, fit-elle d'un air obstiné. Et j'aimerais mieux mourir plutôt que d'accepter la charité.

— Eh bien, si vous n'êtes pas disposée à voir le médecin, je vais aller vous chercher une bande pour votre cheville et quelques petites choses dont vous pourrez avoir besoin. Mais avant de partir, voulez-vous que je vous fasse une tasse de thé?

— Je crois qu'il ne m'en reste plus...

— Alors, je vous en rapporterai aussi. Que désirez-vous encore?

— Il me faudrait tant de choses, hélas! Malheureusement, je n'ai pas les moyens d'acheter beaucoup... Prenez-moi donc du pain et un peu de thé. Cela me suffira... Vous trouverez de l'argent dans le pot de grès qui est sur le devant du placard de la cuisine. Il n'y en a pas bien gros, mais c'est tout ce que je possède. »

Alice passa dans la cuisine, inspecta rapidement les rayons. Ainsi qu'elle l'avait soupçonné, ceux-ci étaient à peu près vides. Un petit sac de farine, du sucre, une boîte de soupe en conserve : rien de plus... Alice n'eut aucune peine à découvrir le pot de grès indiqué par Jessica. Il contenait à peine cinq dollars.

« Voici donc toute la fortune de cette pauvre femme », songea-t-elle avec émotion.

Elle remit l'argent en place et, passant par la porte qui donnait sur le jardin, sortit de la maison sans bruit. Puis elle courut à sa voiture et gagna en toute hâte une petite épicerie-buvette située à quelques kilomètres de là, en direction de River City. Elle y choisit un assortiment de provisions indispensables, achats qu'elle régla sur sa bourse. Elle fit encore emplette d'une bande élastique et d'une pommade, cette boutique perdue en pleine campagne comportant aussi un rayon de pharmacie à l'intention des fermiers isolés aux environs.

De retour chez Jessica, Alice rangea ses achats dans la cuisine, et se mit en devoir de soigner la malade. Elle massa la jambe et la cheville blessée, puis banda celle-ci avec soin.

« Je me sens déjà beaucoup mieux, dit Jessica avec gratitude. Vrai, je ne sais pas ce que je serais devenue si vous n'étiez arrivée. »

Alice alluma le feu dans la cuisinière et mit une bouilloire à chauffer. En attendant que l'eau commençât à bouillir, elle ouvrit rideaux et volets. Le soleil entra à flots dans la pièce.

Quand le thé fut prêt, elle en servit une tasse à Jessica, accompagnée de tartines beurrées et de gâteaux secs. A la grande joie d'Alice, la malade mangea avec appétit et ne tarda pas à retrouver quelque entrain. La collation lui ayant redonné des forces, elle finit par s'asseoir sur le sofa, toute prête à bavarder avec sa visiteuse.

« Je ne connais guère de gens qui prendraient la peine de s'occuper d'une pauvre malheureuse comme moi », commença-t-elle. Elle hocha la tête en silence et continua : « Ah! si mon cousin Josiah était encore de ce monde! Tout serait bien différent pour moi...

— Il est vraiment étrange que M. Crosley ne vous ait pas inscrite sur son testament, dit Alice d'un ton qu'elle s'efforçait à rendre indifférent.

— Moi, je suis convaincue que Josiah ne m'avait pas oubliée, déclara Jessica fermement. Combien de fois ne m'avait-il pas recommandé de compter sur lui, et répété que je ne devais me faire aucun souci pour l'avenir... Mon Dieu, je crois l'entendre encore...

— Et pourtant les **Topham** se trouvent être aujour-d'hui ses seuls héritiers », objecta Alice, espérant ainsi encourager Jessica à en dire davantage.

« C'est ce que dit le premier testament, mais depuis, il y en a eu un autre... J'ignore, hélas! ce qu'il est devenu...

— Etes-vous bien sûre de ce que vous avancez là? » ne put se retenir de demander Alice, avec une viva-cité si insolite que Jessica lui jeta un coup d'œil surpris.

« Naturellement. J'en suis sûre comme de deux et deux font quatre. Pensez-donc : je l'ai vu, moi, ce testament!

— Vous l'avez vu! » s'exclama Alice.

Jessica hocha la tête gravement.

« Oui, mon petit, aussi vrai que je suis là, confirma-t-elle. Mais attention : je ne l'ai pas lu et j'en ignore donc le contenu. Voici comment les choses se sont passées : un jour, j'étais assise dans mon fauteuil, devant la fenêtre, quand Josiah arrive sans crier gare. Il n'était pas sitôt entré qu'il tire un papier de sa poche. Et il me dit : « Ecoute-moi bien, Jes-« sica, j'ai fait mon testament, le vrai. Tous ces « notaires de malheur se sont imaginé être venus à « bout de moi, mais je leur ai joué un bon tour : je me « suis passé d'eux pour écrire ceci. Ils se sont laissé « berner comme des enfants! »

— A quand cela remonte-t-il? » demanda Alice.

La vieille femme hésita.

« Voyons, commença-t-elle, plissant le front, l'air soucieux. C'est curieux, je ne parviens pas à me rappeler la date exacte. » Elle réfléchit encore, puis reprit au bout d'un instant : « Autant qu'il me semble, ce devait être peu de temps après que Josiah se fut installé chez Richard et Cora Topham... Mais pour en revenir à ce que je vous disais tout à l'heure, je crois que je n'avais jamais vu mon cousin aussi content de lui que ce jour-là : il jubilait, son papier à la main. Et, bien qu'il ne me l'ait pas fait lire, il m'a clairement laissé entendre qu'en le rédigeant, il ne m'avait pas oubliée... Pourtant, je n'étais pas tranquille, et je lui ai demandé s'il était bien sûr qu'un testament établi dans ces conditions serait tenu pour valable. « Parbleu! m'a-t-il répondu. Je me suis renseigné, va, « et l'avocat dont j'ai pris conseil m'a affirmé que « mon papier serait en règle à condition d'être contre-« signé par deux témoins... »

— Qui étaient ceux-ci, le savez-vous? interrogea Alice vivement.

— Ma foi, non. Je n'ai pas posé la question, et

Josiah ne m'en a pas dit plus long. Il est parti presque tout de suite, gai comme un pinson, riant et se parlant à lui-même ainsi qu'il en avait l'habitude lorsque ses affaires allaient à sa guise.

— Et vous n'avez pas la moindre idée de ce qu'a pu devenir le testament?

— Pour moi, Josiah a dû le cacher quelque part, répondit Jessica. C'était l'une de ses marottes que de tout vouloir mettre en lieu sûr. Et puis, je me rappelle qu'il m'avait vaguement parlé de ranger ce papier « dans un endroit d'où personne ne pourrait le « retirer, à moins d'y être légalement autorisé ». Qu'en est-il advenu? Je l'ignore, mais je ne serais pas étonnée que mon cousin ait confié son second testament à quelque notaire ou homme de loi de sa connaissance...

— Etes-vous bien sûre que Josiah ne vous ait rien dit de plus? demanda Alice avec douceur.

— Il me semble qu'il a ajouté quelque chose, au sujet de ce qu'il comptait faire du testament... mais je ne sais plus... » Jessica hocha la tête et poursuivit tristement : « J'ai passé des nuits entières à chercher ce que cela pouvait être... »

Alice eut l'impression que la victoire venait de passer à portée de sa main pour s'éloigner d'elle aussitôt. Comment douter à présent que Jessica Rowen détenait le secret de l'affaire Crosley, enfoui au plus profond de sa mémoire?

« Essayez encore de vous rappeler, je vous en prie, insista Alice.

— C'est inutile, mon petit, murmura Jessica avec désespoir. J'ai déjà tant cherché, je n'en puis plus... » En achevant ces mots, elle s'adossa à ses coussins et ferma les yeux, épuisée.

Au même instant, la pendulette qui se trouvait sur la cheminée se mit à sonner. Jessica tressaillit. Ses paupières se soulevèrent et une expression étrange passa dans son regard. Immobile, contemplant l'espace devant elle, elle semblait perdue dans un songe. Plusieurs secondes s'écoulèrent, puis la vieille femme tourna la tête avec lenteur, et ses yeux se fixèrent sur la pendule.

CHAPITRE VIII

ALICE FAIT D'UNE PIERRE DEUX COUPS

LA PENDULE avait fini de sonner. Soudain Jessica
remua les lèvres comme pour parler. Redoutant
de ne pouvoir saisir les mots qu'elle prononcerait,
Alice se pencha vers elle anxieusement. Il semblait
en effet que la brusque sonnerie de la pendule eût
agi sur l'esprit de la malade à la manière d'un déclic
libérant en elle de mystérieuses pensées et, qui sait,
peut-être même des souvenirs oubliés... Aussi Alice
était-elle persuadée que Jessica se trouvait à présent
sur le point de faire une révélation importante.

« L'horloge... c'est bien cela, balbutia tout à coup la vieille femme, si bas que sa compagne l'entendit à peine.

— Josiah aurait-il caché son testament à l'intérieur d'une horloge? » suggéra la jeune fille.

Jessica secoua la tête d'un air navré.

« Non, fit-elle en soupirant. J'ai cru me rappeler subitement quelque chose, et puis cela m'a échappé. Il me semblait pourtant bien que Josiah m'avait parlé d'une horloge,... mais j'ai dû me tromper. »

Tandis qu'elle disait ces mots, elle tenait les yeux fixés obstinément sur la pendule, et Alice, qu'intriguait cette insistance, ne pouvait s'empêcher de faire de même.

« Quel lien peut-il y avoir entre cet objet et le testament de Josiah? » se demandait-elle.

Soudain, Jessica poussa un cri.

« J'y suis! s'exclama-t-elle. Cela m'est revenu à l'instant, sans que je sache pourquoi ni comment. Après tant d'années...

— Vite, de quoi s'agit-il? » questionna Alice, craignant que la vieille femme ne fût de nouveau trahie par sa mémoire.

« D'un carnet! Il était question d'un carnet! lança Jessica, triomphante.

— Racontez-moi cela », pria Alice, s'efforçant de maîtriser son impatience.

« Cette fois, je me souviens parfaitement : Josiah consignait tous les détails relatifs à ses affaires sur un calepin. C'est ce qu'il m'avait dit un jour : « Jes-
« sica, quand je serai mort, si personne ne parle de
« mon testament, il faudra que tu t'en occupes toi-
« même. Tu trouveras tous les renseignements néces-
« saires dans mon petit carnet... »

— Savez-vous ce que celui-ci est devenu?

— Je ne me rappelle pas... Josiah a dû le cacher quelque part... »

De nouveau, Alice eut l'impression de sentir la victoire lui échapper. Elle promena autour d'elle un regard désabusé. Ses yeux s'arrêtèrent sur la pendule, l'examinèrent avec attention, tandis qu'elle continuait à se demander quel rapport mystérieux associait cet objet au testament de Josiah Crosley. Aucun doute n'était possible : c'était bien là que se cachait la clef du mystère.

Obéissant à une impulsion soudaine, Alice se leva et s'approcha de la cheminée sur laquelle était posée la pendulette. Elle prit celle-ci, ouvrit le caisson de bois ouvragé qui abritait le mécanisme et jeta un coup d'œil à l'intérieur. On n'y voyait qu'une clef minuscule accrochée à l'envers de la paroi et qui servait à remonter la pendulette. Déçue, Alice revint s'asseoir au chevet de Jessica.

« Savez-vous où demeurait M. Crosley lorsqu'il vous faisait ces confidences que vous m'avez rapportées? demanda-t-elle au bout d'un instant.

— Il habitait déjà chez les Topham, mais depuis fort peu de temps, et, à cette époque, il lui arrivait fréquemment de revenir passer deux ou trois jours chez lui. Par la suite, il y renonça et vendit sa maison.

— Qu'a-t-il fait de son mobilier? L'a-t-il vendu également?

— Non. Ce sont les Topham qui ont mis la main dessus », expliqua Jessica.

Alice garda le silence, repassant dans son esprit ce qu'elle venait d'apprendre.

« Josiah avait sûrement chez lui une vieille horloge,

79

murmura-t-elle au bout d'un instant, comme se parlant à elle-même.

— Une horloge..., répéta Jessica. Mais oui, elle était même très ancienne : on l'avait toujours vue dans la famille.

— Pourriez-vous me la décrire?

— Ma foi, c'était une horloge comme beaucoup d'autres, avec un cadran carré... Tenez, elle ressemblait un peu à la mienne, mais plus grande : on l'accrochait au mur. Et puis, elle avait un fronton sculpté qui représentait je ne sais plus quoi : des étoiles et un croissant de lune, je crois...

— Qu'est-elle devenue?

— Je l'ignore, répondit Jessica avec indifférence. Les Topham ont dû la prendre avec le reste... »

Alice se mordit la langue pour ne pas dire à sa compagne que Josiah avait peut-être caché son testament à l'intérieur de l'horloge. Elle préféra se taire, ne voulant pas donner une fausse joie à la pauvre femme. Ce qu'elle avait en tête n'était en somme qu'une théorie personnelle et il eût été cruel, en l'absence de toute preuve, de laisser croire à Jessica qu'il lui restait quelque chance d'hériter finalement de Josiah.

Elle posa encore quelques questions à la malade, mais eut tôt fait de s'apercevoir que celle-ci ne savait rien de plus.

Enfin Alice se leva et prit congé, non sans promettre de revenir bientôt. Elle avait d'ailleurs l'intention de s'arrêter à la première ferme qu'elle trouverait en chemin, pour informer la maîtresse de maison de l'état dans lequel était sa vieille voisine et la prier de bien vouloir s'occuper d'elle.

Quelques minutes plus tard, Alice reprenait la route

de River City, tranquillisée sur le sort de Jessica, et résolue plus que jamais à tirer au clair l'affaire Crosley. Qui sait? Peut-être les renseignements qu'elle avait glanés au cours de sa conversation avec la cousine de Josiah lui permettraient-ils de retrouver le testament disparu...

« Je ne dirai rien non plus à Grace ni à Millie, songeait-elle. Du moins tant que je n'en aurai pas appris davantage sur cette vieille horloge ».

Cependant Alice repassait dans son esprit ce qu'elle savait à présent de l'affaire Crosley. Il était hors de doute que Josiah avait rédigé un second testament. A en croire sa vieille cousine, il l'aurait ensuite déposé en lieu sûr, et son petit carnet personnel contenait toutes les indications permettant de le découvrir.

« Moi, je suis persuadée que Josiah a caché son carnet dans l'horloge, conclut Alice. Autrement, à quoi rimeraient l'attitude bizarre de Jessica et les mots que je lui ai entendu murmurer en regardant la pendule qui était sur sa cheminée? »

Alice restait perplexe, se demandant que faire et comment mener ses recherches. Avant tout, il convenait évidemment de retrouver l'horloge de Josiah et de l'examiner sous toutes ses faces, entreprise qui promettait d'être difficile, sinon impossible à réaliser... En admettant que Jessica eût deviné juste et que l'horloge fût tombée entre les mains des Topham, comment Alice pourrait-elle jamais s'en approcher? Enfin, n'était-il pas à craindre que les héritiers de Josiah n'eussent déjà découvert le carnet?...

« Si cela est, ils se seront empressés de le détruire, songeait-elle. Pourtant, j'ai tout lieu de croire qu'il n'en est rien : la conversation que j'ai surprise dans le parc entre Mabel et Ada en est la preuve... Non, si

vraiment Josiah a caché son calepin dans l'horloge, les Topham ne s'en doutent même pas, le carnet est toujours à sa place, et c'est à moi de l'y trouver! »

La route était longue du lac Monghela à River City, et Alice put poursuivre ses réflexions à loisir, mais elle eut beau tourner et retourner le problème en tous sens, il lui fut impossible de le résoudre. Cependant, elle n'en restait pas moins décidée à s'introduire chez les Topham coûte que coûte!

« Mais comment m'y prendre? Si je vais faire une visite à ces gens en y mettant les formes, ils vont se défier : nous ne sommes pas si bons amis qu'ils ne s'étonnent de ma venue. Il faut absolument que je déniche un bon prétexte! »

Alice atteignit enfin River City. Arrivée devant chez

elle, elle rangea sa voiture le long du trottoir et mit pied à terre. Elle allait se diriger vers la maison quand on l'appela par son nom. Elle se retourna, surprise, et aperçut une jeune fille qui accourait vers elle. C'était Doris Elliott, sa meilleure amie.

« Que deviens-tu donc? Il y a un siècle que je ne t'ai vue! » s'exclama celle-ci en la rejoignant.

Alice se mit à rire.

« C'est que je suis très occupée tous ces temps-ci, répondit-elle. Viens à la maison, que nous bavardions un peu...

— Oh! non, je ne peux pas : je suis déjà tellement en retard. Figure-toi que l'on m'a donné des billets à vendre pour le grand bal de la Croix-Rouge.

— Combien en as-tu placés?

— Il m'en reste encore six, fit Doris en soupirant, et je n'arrive pas à m'en débarrasser. Or, je dois partir ce soir pour le lac des Oiseaux, et si ces maudits billets ne sont pas vendus à temps, il me faudra rester ici! J'ai vraiment été mal inspirée de me charger d'une pareille corvée! »

Alice regarda son amie avec surprise.

« Tu vas au lac des Oiseaux, me dis-tu? Que se passe-t-il donc? demanda-t-elle.

— Il y a là-bas un camp de vacances où ma cousine Joan séjourne en ce moment, et j'ai promis d'aller passer une quinzaine de jours avec elle, expliqua Doris. Je comptais me mettre en route ce soir, mais je commence à désespérer : j'ai bien peur que ces billets de malheur ne me restent sur les bras! » La jeune fille se tut brusquement comme si une idée venait de lui traverser l'esprit, puis elle s'écria : « Dis donc, Alice, pourquoi ne viendrais-tu pas camper avec nous? Ce serait magnifique!

— Je ne demanderais pas mieux, si je n'avais en ce moment tant de choses à faire et qui ne peuvent attendre... Vraiment, Doris, cela m'est impossible, malgré tout le plaisir que j'aurais à me trouver avec Joan et toi... » Et Alice demanda : « Combien valent ces billets?

— Deux dollars chacun.

— Donne-m'en deux », dit la jeune fille, tirant sa bourse de son sac. Elle allait prendre les tickets que lui tendait son amie quand il lui vint une inspiration subite.

« Ecoute, Doris, j'ai une idée, s'écria-t-elle d'un ton joyeux. Je vais vendre à ta place les quatre billets qui restent! Qu'en penses-tu?

— Tu ne parles pas sérieusement?

— Mais si!

— Alors, c'est convenu. Tiens, voici le reste du carnet. Seulement, je te préviens : ta tâche ne sera pas facile.

— Ne t'inquiète pas : je m'en acquitterai avec plaisir...

— Tu me rends là un fameux service. Maintenant, rien ne m'empêche plus de partir. Au revoir, ma vieille, et surtout, bonne chance! »

Doris Elliott s'étant éloignée, Alice resta un instant immobile, à regarder les billets qu'elle tenait à la main, puis elle murmura en souriant :

« Voilà le bon prétexte pour pénétrer chez les Topham... »

CHAPITRE IX

EN VISITE

L E LENDEMAIN après-midi, trois heures allaient sonner comme Alice arrêtait sa voiture devant la
maison des Topham.

C'était une grande bâtisse prétentieuse, sans style
défini. Il suffisait de jeter un coup d'œil sur la
pelouse qui la précédait pour être édifié sur le mauvais goût de ses habitants. Ce n'étaient partout que
cadrans solaires, bancs rustiques, colonnes et statues,
baignoires et refuges pour les oiseaux.

« A-t-on jamais rien vu de plus laid! » songeait Alice en s'engageant dans l'allée, qui menait à la maison.

Avant de soulever le heurtoir de cuivre qui étincelait sur la porte d'entrée, elle hésita un instant à la pensée de l'épreuve qui l'attendait. Puis, rassemblant son courage, elle frappa résolument.

« Et maintenant, il s'agit de me montrer diplomate », se dit-elle.

A ce moment, un valet en livrée ouvrit la porte et attendit, l'air dédaigneux, que la visiteuse exposât l'objet de sa visite.

« Voulez-vous dire à Mme Topham que Mlle Roy serait heureuse de la voir, annonça Alice. Je viens lui proposer des billets pour le grand bal de la Croix-Rouge, l'une des fêtes les plus brillantes de la saison. Je suis sûre que Mme Topham tiendra à y assister. »

Le domestique se retira pour rendre compte à sa maîtresse de ce qu'il venait d'entendre, et Alice dut attendre son retour avant d'être autorisée à pénétrer dans le vestibule.

Lorsqu'on l'introduisit enfin au salon, elle ne put retenir un sourire amusé. Ce cérémonial compliqué lui semblait d'autant plus absurde que, malgré son ambition et ses grands airs, Mme Topham n'était jamais parvenue à occuper dans la bonne société de River City la place prépondérante qu'elle y avait espérée.

La pièce dans laquelle Alice se trouvait à présent offrait un aspect infiniment plus baroque que la visiteuse n'eût même songé à l'imaginer. De magnifiques tapis d'Orient opposaient leurs tons précieux aux coloris tapageurs de doubles rideaux et de tentures à ramages. Les murs étaient surchargés de tableaux démesurés qui eussent été mieux à leur place dans une vaste galerie ou dans les salles de quelque musée. Des meubles de style rassemblés à l'aventure complétaient cet ensemble hétéroclite.

Cependant, Alice se souciait fort peu du mauvais goût de ce qui l'entourait. Dès que le domestique eut disparu, elle inspecta la pièce d'un regard rapide. Tout de suite, une pendule attira son attention.

« S'agirait-il de celle de Josiah? » se demanda-t-elle.

C'était une sorte de cartel à cadran carré, mais de facture moderne, et Alice eut tôt fait de se convaincre que cela ne ressemblait nullement à la vieille horloge rustique dont avait parlé Jessica. Elle s'apprêtait pourtant à traverser le salon pour examiner la pendule de plus près lorsqu'un bruit de pas dans le vestibule la fit hésiter. Vite, elle se laissa tomber sur le premier siège se trouvant à sa portée et s'efforça de prendre l'air le plus naturel du monde.

Mme Topham fit son entrée, majestueuse, hautaine, et dévisagea sa visiteuse sans bienveillance. Puis elle s'assit en face d'elle et demanda froidement :

« Eh bien, mademoiselle? Qu'avez-vous à me dire?

— Je viens vous proposer des billets pour...

— Je n'en veux pas! coupa Mme Topham avec insolence. Je n'ai pas l'habitude de gaspiller mon argent à enrichir tous les quémandeurs qui sonnent à ma porte! »

A ces mots, Alice sentit une bouffée de colère lui monter au visage.

« Madame, répliqua-t-elle d'un ton coupant, je ne suis pas un quémandeur. » Et elle ajouta, reprenant déjà possession de son calme : « Je crains que vous

87

n'ayez pas très bien compris mon nom... Je m'appelle Alice Roy. »

Le visage de Mme Topham prit aussitôt une expression différente.

La dame n'ignorait pas que James Roy et Alice avaient leurs grandes entrées dans les milieux les plus fermés de River City, alors qu'elle-même et ses filles étaient tout juste admises dans certaines maisons et que d'autres ne leur avaient jamais ouvert leurs portes.

« Excusez-moi, mademoiselle, dit-elle, je n'avais pas saisi votre nom. Que puis-je pour vous?

— Voudriez-vous m'acheter quelques billets pour le bal de la Croix-Rouge?

— C'est-à-dire que..., vraiment je ne sais si je puis... », fit Mme Topham avec embarras.

Elle hésitait, partagée entre le désir de ne pas

offenser sa visiteuse par un refus et celui de tenir serrés les cordons de sa bourse, car elle passait pour fort avare.

« Combien valent ces billets? demanda-t-elle.

— Deux dollars.

— Deux dollars! Mais c'est exorbitant!

— Il s'agit d'une œuvre de bienfaisance, madame, expliqua Alice, et je vous assure que la cause est excellente. »

Mme Topham allait répondre quand la porte d'entrée s'ouvrit. Les voix de Mabel et d'Ada retentirent dans le vestibule et, sans s'apercevoir de la présence d'une visiteuse, les deux jeunes filles poursuivirent la conversation commencée. Leur irritation semblait extrême et aux paroles qu'elles échangèrent, Alice comprit qu'elles venaient de subir un affront dans une maison où elles désiraient faire une visite.

« La bonne a prétendu qu'elle était sortie, mais je suis sûre que ce n'était pas vrai, disait Ada d'un ton rageur. On n'a pas voulu nous recevoir, tout simplement! »

Les deux sœurs pénétrèrent dans le salon. Elles s'arrêtèrent net en découvrant Alice et, sans prononcer un seul mot ni esquisser le moindre geste de bienvenue, elles la dévisagèrent de leur regard insolent.

« Mlle Roy me propose des billets pour le bal de la Croix-Rouge, qu'en pensez-vous? demanda Mme Topham en se tournant vers ses filles.

— N'en prends pas, maman », répliqua Mabel brutalement.

Elle n'avait pas oublié l'intervention d'Alice au cours de l'incident du vase brisé et brûlait d'envie de se venger.

« Eh bien, c'est une affaire réglée : je ne prends

pas de billets », décida la mère. Et, se tournant vers Alice : « Excusez-moi, mademoiselle », dit-elle.

Mme Topham se leva, signifiant ainsi à sa visiteuse que l'entretien était terminé. Alice l'imita aussitôt, déconcertée et irritée par la brusquerie de ce congé qui ne lui laissait aucun espoir d'atteindre au but véritable de sa visite.

Comme elle allait se diriger vers la porte, Alice s'aperçut avec surprise que Richard Topham était campé sur le seuil. Personne ne l'avait entendu arriver.

« Un instant, mademoiselle, dit-il. Combien de billets vous reste-t-il?

— Quatre, répondit Alice, stupéfaite.

— Alors, je les prends. »

D'un geste large, M. Topham ouvrit son portefeuille et en tira une coupure de vingt dollars qu'il tendit à la visiteuse.

« Tenez, mademoiselle, et gardez tout, ajouta-t-il négligemment.

— Richard! » s'exclama Mme Topham, contemplant son mari avec stupeur. Elle s'approcha de lui et souffla à voix basse : « Aurais-tu perdu la tête? Pourquoi donner vingt dollars?

— Tu ne vois jamais plus long que le bout de ton nez », riposta M. Topham en s'efforçant de baisser le ton, lui aussi. « Tu passes ton temps à essayer de t'introduire par tous les moyens chez les gens les plus huppés de la ville, et le jour où se présente une magnifique occasion d'en venir à tes fins, tu ne la saisis même pas! Tu verras, Cora : je te parie que ces vingt dollars nous vaudront un entrefilet dans le journal... »

Il se laissa tomber lourdement dans un fauteuil et,

sans plus se soucier de la visiteuse, déplia son journal et se plongea dans la lecture des nouvelles financières. Mme Topham garda le silence : elle savait que toute autre récrimination eût été inutile.

Cependant, Alice cherchait désespérément le prétexte qui lui eût peut-être permis, en prolongeant sa visite, d'obtenir quelque précieux renseignement sur l'horloge de Josiah.

« Excusez-moi, je dois m'en aller », dit-elle enfin. Et, avec un parfait naturel, elle ajouta : « Il se fait déjà tard, je pense... Mais d'ailleurs, quelle heure est-il donc?

— Vous avez une pendule en face de vous, rétorqua Mabel, l'air ironique.

— C'est ma foi vrai », reconnut Alice en riant. Elle jeta un coup d'œil au cartel accroché au mur et s'écria, feignant seulement de le découvrir : « Tiens, serait-ce par hasard la vieille horloge des Crosley? Vous ne pouvez savoir comme je m'intéresse aux choses anciennes...

— Oh! non, cette pendule n'a jamais appartenu à Josiah, daigna expliquer Mme Topham. Celle qu'il nous a laissée n'avait pas autant de valeur...

— Vraiment? J'imagine néanmoins que vous la conservez dans un coin de votre grenier... Il est toujours si pénible de se défaire des souvenirs de famille, observa Alice dans l'espoir d'inciter Mme Topham à en dire davantage.

— En effet, mais comme cette horloge ne convenait nullement au décor de notre maison, nous l'avons expédiée à la villa que nous possédons au lac des Oiseaux », expliqua Mme Topham.

Comment aurait-elle pu soupçonner que ces dernières paroles, si banales en apparence, venaient de fournir à Alice le précieux renseignement dont celle-ci avait tant besoin?

Poliment, la jeune fille remercia ses hôtes de leur générosité envers l'œuvre de la Croix-Rouge, puis se hâta de prendre congé. Quelques instants plus tard, elle regagnait sa voiture, le cœur léger.

« Les Topham sont peut-être très malins, se dit-elle, un sourire malicieux sur les lèvres, mais je crois qu'ils viennent de commettre une bévue qui risque de les entraîner loin... »

CHAPITRE X

ALICE PREND DES VACANCES

LE SOIR MÊME, au cours du dîner, Alice demanda à son père la permission d'aller rejoindre son amie Doris au camp de vacances du lac des Oiseaux.

« C'est une excellente idée! approuva-t-il. Quelques jours au grand air te feront le plus grand bien. »

Alice ne se tenait plus de joie : elle avait enfin trouvé le meilleur des prétextes pour découvrir la villa des Topham et, peut-être, la fameuse horloge...

Le lendemain matin, elle se mit en route de bonne heure. Comme il lui était possible de passer par la vallée de la Muskoka sans trop s'écarter de son chemin, elle décida d'en profiter pour s'arrêter chez les sœurs Horner. Elle pourrait ainsi remettre à Grace le tissu destiné à la robe que devait lui confectionner la jeune fille.

Sitôt arrivée à la ferme, Alice comprit qu'il s'était produit une catastrophe. De nombreux poulets gisaient, morts, à l'entrée de la grange et dans la cour.

Alertées par le bruit de la voiture, les jeunes fermières sortirent en toute hâte du poulailler, et Alice vit que Millie avait pleuré.

« Que se passe-t-il? questionna-t-elle vivement.

— Oh! c'est un désastre! Je ne sais quelle maladie s'est abattue sur mes poulets : ils périssent tous, expliqua Millie. Ce matin, quand je suis allée leur donner leur pâtée, j'en ai encore trouvé dix de morts... Vraiment, je ne sais plus que faire...

— Ma pauvre Millie est complètement découragée, dit Grace avec tristesse. Elle se donnait tant de mal et elle avait mis tant d'espoirs dans cet élevage. Qu'allons-nous devenir, je me le demande, à présent que la couturière pour laquelle je travaillais n'a plus d'ouvrage à me donner...

— Je vous en prie, Grace, laissez-moi vous venir en aide, s'écria Alice, ouvrant déjà son sac à main. Je pourrais vous prêter un peu d'argent et vous me le rendriez quand les choses iraient mieux... »

Grace secoua la tête et dit fermement :

« Non, Alice, je vous remercie, mais il nous est impossible d'accepter. Ne vous inquiétez pas : nous parviendrons bien à nous tirer d'affaire.

— Mon Dieu, si seulement oncle Josiah nous avait laissé une toute petite partie de sa fortune..., fit Millie en soupirant. A propos, Alice, avez-vous appris du nouveau au sujet de son deuxième testament?

— Je n'ai, hélas! rien obtenu de très précis, répondit-elle ne voulant pas encore leur parler de ses récentes découvertes. Mais je reste optimiste!

— Pour moi, je n'y crois plus guère, dit Grace d'un ton las.

— Ecoutez, je venais vous apporter le tissu de ma robe », se hâta de reprendre Alice, désireuse de changer de conversation. Elle tendit le paquet à Grace : « Le patron est à l'intérieur, continua-t-elle, et comme je fais exactement la taille 38, vous n'aurez aucune difficulté. »

A ces mots, le visage de la jeune fermière s'éclaira.

« Oh! merci, Alice, s'écria-t-elle. Comment pourrais-je assez vous remercier?

— Mais c'est moi qui vous remercie d'avoir accepté de me faire cette robe, répondit la visiteuse en riant. Je reviendrai essayer ma robe la semaine prochaine », promit-elle. Puis elle regagna sa voiture et prit la route pour le lac des Oiseaux. Elle était profondément navrée de la situation dans laquelle se trouvaient ses deux amies.

« Mon Dieu, que ne ferais-je pas pour leur venir en aide, ainsi qu'à la pauvre Jessica! Mais aussi, pourquoi Josiah Crosley avait-il des idées aussi baroques : n'aurait-il pas pu établir son testament plus simplement et le déposer chez un notaire ou un avocat, comme tout le monde... »

Il était plus de midi quand elle arriva en vue du camp où Doris Elliott passait ses vacances. On apercevait à travers les arbres une longue rangée de baraquements blancs et verts. Un peu à l'écart, une cheminée fumait, révélant l'emplacement de la cuisine. Au fond, s'étendait le lac, étincelant comme un miroir bleu sous le soleil

Dès que la voiture eut franchi l'entrée du camp, un groupe de jeunes filles se précipita à sa rencontre, et Doris Elliott sortit d'un baraquement en trombe.

« C'est Alice! » s'écria-t-elle avec enthousiasme. Et se tournant vers ses compagnes : « Je vous l'avais bien dit qu'elle viendrait nous rejoindre. Ah! nous allons passer des vacances merveilleuses!

— Dis-moi, Doris, ne serait-il pas trop tard pour que je déjeune? demanda Alice. Je meurs de faim.

— Tu arrives juste à pic : nous n'allons pas tarder à nous mettre à table, répondit Doris. Si tu savais comme je suis contente que tu aies décidé de venir!

— Cela me faisait tellement envie...

— Combien de temps vas-tu rester?

— Oh! je ne suis pas fixée : disons que je resterai ici aussi longtemps que tu pourras me supporter! » Doris éclata de rire.

On se hâta de conduire la nouvelle venue auprès de la directrice du camp. Celle-ci inscrivit Alice immédiatement et Doris n'eut aucune peine à obtenir que son amie fût logée dans le même dortoir qu'elle.

Puis, ces formalités étant réglées, on se dirigea vers le baraquement où Alice devait s'installer. En quelques mots, elle raconta sa visite chez les Topham.

« Comment, tu as réussi à leur vendre tous les billets! s'écria Doris, stupéfaite. Jamais je n'aurais cru ces gens-là capables de pareille générosité...

— Oh! tu sais, fit Alice, je crois que Richard

« C'est Alice! » s'écria-t-elle avec enthousiasme. →

Topham a surtout voulu jeter de la poudre aux yeux! »

Sur ces entrefaites, la cloche du déjeuner sonna et Alice n'eut que le temps de glisser sa valise sous son lit et de se rafraîchir le visage et les mains avant de gagner la salle à manger. Le voyage lui ayant creusé l'appétit, elle fit honneur au repas qu'on lui servit.

Le déjeuner était à peine terminé que, sans laisser à Alice le loisir de souffler un peu, ses compagnes insistèrent pour l'emmener en promenade dans les bois. L'excursion se prolongea tout l'après-midi, et Alice revint au camp si lasse qu'elle ne songeait plus qu'à se coucher. Cependant Doris avait d'autres projets en tête...

« Il nous reste encore le temps de faire un tour en canot sur le lac avant la cloche du dîner, déclara-t-elle.

— Personne ici n'est donc jamais fatigué? protesta Alice d'une voix plaintive.

— Oh! si : le soir, au moment de se mettre au lit! On voit bien que tu viens d'arriver : tu n'as pas encore l'habitude. Mais je suis sûre que, dans un jour ou deux, tu trouveras ce genre de vie tout naturel...

— Espérons-le : sinon, il faudrait me ramener à la maison sur une civière!

— Ecoute, Alice, je t'assure que tu ne peux pas manquer cette promenade sur le lac... Si tu savais comme les bords de l'eau sont jolis, avec toutes ces belles villas que beaucoup de gens se sont fait construire pour venir y passer l'été...

— Des villas, dis-tu? » demanda Alice, songeant aussitôt à cette maison de vacances dont lui avait parlé Mme Topham. Qui sait? Peut-être l'excursion que projetait Doris fournirait-elle une occasion inespérée de découvrir l'emplacement de cette résidence...

« Tu viens avec nous, n'est-ce pas? insista Doris. Tu te reposeras après dîner...

— C'est entendu, décida Alice. Tant pis pour la fatigue. J'ai trop envie de vous accompagner. »

Elle était si contente qu'oubliant sa lassitude elle entraîna Doris et courut rejoindre les autres jeunes filles. Le bateau piqua vers le milieu du lac. Comme le panorama de la rive se déployait peu à peu, il semblait à Alice qu'elle n'avait jamais rien admiré d'aussi beau. Cependant, elle n'en oubliait pas pour autant le but qu'elle s'était assigné.

« Dis-moi, Doris, les Topham n'ont-ils pas une villa aux environs? demanda-t-elle.

— Mais si. De l'autre côté du lac. Attends, nous n'allons pas tarder à l'apercevoir.

— Ils ne doivent pas y venir bien souvent...

— Oh! non, la maison est toujours fermée. Ils ont un gardien pour s'occuper du jardin et aérer de temps en temps. C'est un Noir, Jeff... Jeff Evans, je crois...

— Comment va-t-on là-bas?... Il y a sûrement un bon bout de chemin...

— Ça dépend : en bateau, ce n'est pas très loin, mais si tu y vas à pied ou en voiture, il faut faire tout le tour du lac, et la route est épouvantable... »

L'embarcation se rapprochait à présent de la rive opposée, et il devenait possible de distinguer les villas construites au bord de l'eau.

« Tiens, fit soudain Doris en étendant le bras. Vois-tu ce bouquet d'arbres là-bas, un peu sur la droite? Ce toit que tu aperçois tout à côté est celui des Topham. »

Impatiemment, Alice explora la rive du regard et ne tarda pas à découvrir la maison dans la direction que lui désignait son amie. Elle examina alors les alentours avec soin afin de les noter dans son esprit, ce qui lui permettrait, le cas échéant, de retrouver l'endroit sans peine.

Cependant, Doris s'était mise à bavarder, toute à la joie que lui causait la présence de son amie.

« Nous allons passer des vacances magnifiques, disait-elle. La semaine prochaine, nous donnons un bal en plein air. Nous aurons beaucoup d'invités. Et puis, il y a de nombreuses excursions prévues, sans compter les pique-niques et les baignades. Le lac des Oiseaux est vraiment un coin rêvé! »

Alice écoutait, les yeux fixés sur la rive, comme fascinée par le spectacle de cette villa qui peut-être abritait encore la vieille horloge de Josiah Crosley...

Elle avait résolu de se rendre à la villa des Topham dès le lendemain, mais elle ne devait pas tarder à s'apercevoir qu'il lui fallait compter avec Doris et ses autres compagnes. Ces dernières semblaient en effet bien décidées à ne pas la quitter un seul instant.

A peine fut-elle éveillée qu'elle se trouva entraînée dans un véritable tourbillon. Après le petit déjeuner, composé de fruits, d'œufs au jambon et d'un délicieux pain de maïs sortant du four, la matinée se passa à jouer au tennis. L'après-midi, ce furent des parties de ballon suivies d'une longue baignade dans le lac. Bref, le soir venu, Alice était si lasse que ses yeux se fermaient malgré elle, et elle n'eut pas plus tôt gagné son lit qu'elle s'y endormit comme une masse.

Elle s'éveilla le lendemain matin, fermement résolue à mettre son projet à exécution le jour même.

Pendant le déjeuner, Doris annonça le programme de la journée à son amie :

« Tout le monde part se promener dans les bois, dit-elle. On pique-niquera et l'on ne reviendra qu'à la nuit. Tu viens, bien sûr? »

Alice poussa un gémissement.

« Tu veux ma mort, Doris... Je ne peux plus mettre un pied devant l'autre, expliqua-t-elle. Excuse-moi pour cette fois, je t'en prie : j'aimerais rester ici à me reposer.

— Cela me contrarie de te laisser seule, pourtant si tu y tiens...

— Mais j'y tiens, Doris, vraiment... Ne t'inquiète pas pour moi : je m'occuperai et, si tu n'y vois pas d'inconvénient, j'irai peut-être faire un tour en bateau.

— Bien volontiers. Seulement, je te préviens : ne

t'aventure pas trop loin, conseilla Doris. Tu comprends, nous avons acheté ce canot-là d'occasion pour une bouchée de pain, et je crois que nous en avons eu pour notre argent : le moteur ne vaut plus grand-chose...

— Sois tranquille : je serai prudente », promit Alice.

Dès que tout le monde eut disparu, Alice courut à l'embarcadère, sauta dans le bateau, mit le moteur en marche et s'éloigna du rivage.

L'eau était lisse comme un miroir. Pas le moindre nuage au ciel. L'étrave fendait les flots avec un bruit de soie froissée, et de légers embruns volaient au visage d'Alice, sans que celle-ci y prît garde. Elle tenait son regard fixé vers ce point de la rive opposée où elle savait que se trouvait la villa des Topham.

« Pourvu que le gardien me laisse pénétrer dans la maison! » se disait-elle, tenant l'avant du canot pointé en direction de l'endroit qu'elle voulait atteindre.

Mais sans doute Alice était-elle destinée à ne pas y parvenir ce jour-là, car il y eut soudain quelques ratés dans le moteur. Son halètement s'espaça, puis on entendit une sorte de soupir prolongé et ce fut brusquement le silence.

« Que se passe-t-il? s'écria Alice. J'espère que je ne suis pas en panne d'essence? »

Elle examina le réservoir : celui-ci était encore presque plein. Alors, elle se pencha sur le moteur. Bien qu'elle n'eût guère de goût pour la mécanique, elle en connaissait pourtant davantage sur ce chapitre que la plupart des filles de son âge.

« C'est bien ma veine, se dit-elle en soupirant. Si je ne puis repartir, me voici dans de beaux draps! »

Trop tard, l'avertissement donné par Doris lui

revint en mémoire. Que faire? Sans doute se trouvait-elle en vue de la villa des Topham, mais à combien de kilomètres du camp!

Courageusement, Alice se mit alors au travail. Hélas! ce fut en vain qu'elle passa plus d'une heure, penchée sur le moteur : celui-ci refusait obstinément de repartir.

« Je vais être obligée de passer la journée ici, songea-t-elle, désespérée. Ce qui signifie que je peux renoncer à visiter la maison des Topham aujourd'hui! »

Elle enrageait de se voir si près du but, avec la certitude de ne pouvoir l'atteindre. Un instant, elle pensa gagner la rive à la nage, mais abandonna ce projet bien vite : en admettant qu'elle réussît à s'introduire chez les Topham, comment regagnerait-elle ensuite le camp? Aussi jugea-t-elle finalement plus sage d'attendre, dans l'espoir qu'il passerait peut-être un bateau dans les parages.

Les heures s'écoulèrent, interminables. Entraîné par le courant, le canot dérivait lentement vers le milieu du lac.

Comble de malheur, personne ne semblait avoir eu l'idée de canoter sur le lac ce jour-là, et la pauvre Alice en venait à se demander si elle sortirait jamais de sa fâcheuse position. Le soleil brillait impitoyablement, la chaleur était écrasante, la réverbération de la lumière insupportable.

« Le plus terrible, songeait-elle, c'est que je tenais là mon unique chance d'espérer visiter tranquillement la maison des Topham. Doris est pleine de bonnes intentions, mais, à présent, elle ne me lâchera plus d'une semelle... Je vais être obligée de lui annoncer qu'il me faut rentrer à River City plus tôt que je ne l'avais pensé, en admettant que je puisse regagner le camp ce soir, bien sûr!... Au lieu de repartir directement, je ferais alors un détour pour voir cette villa... Cela m'ennuie pour Doris qui sera sûrement très déçue par mon départ, mais il ne me reste plus que ce moyen-là pour découvrir l'horloge de Josiah! »

Cherchant à tuer le temps, Alice décida de procéder au nettoyage complet du moteur. Quand le soleil disparut à l'horizon, plusieurs heures plus tard, elle achevait sa besogne.

« Et voilà! s'écria-t-elle en se redressant. J'ai fait tout ce que j'ai pu, et si cette satanée mécanique ne se met pas en route, c'est qu'elle est bonne pour la ferraille! »

Au premier essai, le moteur démarra, sans plus de façon que s'il n'avait jamais été en panne.

« Ça alors, je n'en reviens pas! » s'exclama Alice, au comble de la surprise.

Pleine d'espoir, elle jeta un coup d'œil vers la rive. L'ombre commençait à envahir les arbres : bientôt la nuit serait tombée.

« Non, il est décidément trop tard. Il ne me reste plus qu'à regagner le camp bien vite, avant que ce maudit moteur ne décide de retomber en panne... »

Alice regagna l'embarcadère sans encombre. Comme elle amarrait le canot, Doris et ses compagnes firent leur entrée dans le camp et hélèrent Alice joyeusement.

« Je n'en peux plus, annonça Doris en la rejoignant. Je t'assure que tu as eu une riche idée de passer la journée ici. » Elle se tut brusquement et regarda son amie avec stupeur : « Mais que t'est-il arrivé? s'écria-t-elle. Te voilà rouge comme une écrevisse et couverte de cambouis!

— Figure-toi que j'ai pris un bain de soleil, répliqua Alice en riant. A propos, tu avais raison au sujet du canot : le moteur ne vaut pas cher... Pourtant, cela m'étonnerait qu'il vous donne de nouveaux ennuis d'ici la fin des vacances : il vient d'être entièrement revisé et j'y ai passé huit heures d'horloge, ma chère!

— Que dis-tu? balbutia Doris, le souffle coupé par la surprise. Tu es restée en panne tout ce temps-là sur le lac?

— Parfaitement. Mais c'est bien fait pour moi : j'aurais dû aller me promener avec toi! »

Alice avait beau s'efforcer de prendre son aventure à la légère, sa déception était néanmoins profonde. Elle se maudissait d'avoir gâché une journée entière, alors que le temps était chose si précieuse. Réussirait-elle jamais à visiter la villa des Topham?

CHAPITRE XI

ALICE A UNE SURPRISE

« Q<small>UE</small> fais-tu donc, Alice? Tu ne vas pas déjà nous quitter, j'espère? » s'écria Doris en entrant dans le baraquement qui servait de dortoir aux jeunes filles.

Elle s'était arrêtée sur le seuil et considérait son amie d'un œil stupéfait, tandis que celle-ci pliait soigneusement des vêtements dans sa valise.

« Je suis désolée, Doris, expliqua Alice sur un ton de regret, mais il me faut absolument partir cet après-midi.

— Tu n'es ici que depuis trois jours... Tu ne te plais donc pas avec nous?

— Oh! si, fit Alice avec élan. Ce camp est merveilleux, et je m'y trouve très bien au contraire. De plus, tout le monde est si gentil pour moi... Je préférerais rester, je t'assure, mais cela m'est vraiment impossible : je m'occupe en ce moment d'une affaire importante, et il y a un point que je tiens à tirer au clair immédiatement.

— Mais voyons, Alice, pense à ce bal que nous donnons après-demain : tu ne peux pas le manquer!

— Il va pourtant falloir que je m'y résigne, et je te prie de croire que ce ne sera pas de gaieté de cœur... Je n'ai malheureusement pas le choix.

— Je me demande ce qui a pu te faire changer d'avis aussi vite, reprit Doris. Hier, tu ne semblais pas si pressée de partir... Serait-ce ton aventure avec ce maudit canot qui t'aurait décidée? »

Alice éclata de rire et s'empressa de détromper son amie, sans toutefois lui révéler la véritable raison de son départ.

Doris eut beau insister et la taquiner sur les motifs mystérieux de son brusque départ, Alice demeura inébranlable. Dès que le déjeuner fut terminé, elle chargea ses bagages dans sa voiture et prit congé de ses amies. Puis elle quitta le camp.

« A présent, se disait-elle, il s'agit de trouver le chemin qui me mènera chez les Topham... »

Au premier carrefour qu'elle rencontra, Alice décida de bifurquer sur la gauche, dans l'espoir de réussir à contourner le lac. Très vite, elle acquit la conviction d'avoir bien choisi. Malheureusement, le chemin sur lequel elle venait de s'engager était dans un état lamentable. De plus, deux profondes ornières, apparemment creusées par le passage d'un camion, rendaient la conduite difficile.

« Je me demande ce qu'un véhicule de ce genre est venu faire par ici, pensait Alice, assez intriguée. A en juger par ses traces, il n'y a pas longtemps qu'il est passé... »

Bientôt elle commença à apercevoir quelques villas disséminées dans la verdure à droite et à gauche de la route, mais la saison s'avançait, et la plupart d'entre elles étaient déjà fermées en vue de l'hiver. Poursuivant sa route, Alice atteignit une vaste clairière qui s'étendait jusqu'au bord du lac. A la lisière des arbres, se dressait la maison des Topham, abritée par une haie d'arbustes.

« Pourvu que le gardien soit là, se dit-elle avec inquiétude. Quelle catastrophe ce serait s'il me fallait rentrer à River City sans avoir pu visiter la villa!... »

Elle arrêta sa voiture au bord de la route et constata avec surprise que les traces du camion n'allaient pas plus loin. Il semblait que le véhicule eût traversé la clairière en direction de la maison Topham. Alice se hâta de suivre le même chemin et se dirigea vers la barrière blanche qui donnait accès au jardin. Lorsqu'elle l'atteignit, la villa, jusque-là à demi masquée par la haie, lui apparut. Mais elle faillit pousser un cri de surprise devant le spectacle inattendu qui s'offrait à elle.

Partout régnait un désordre extraordinaire. La porte de la villa était grande ouverte ainsi que les hautes fenêtres donnant sur la véranda. Une chaise renversée semblait abandonnée au bas du perron tandis que les objets les plus divers étaient éparpillés le long de l'allée traversant le jardin. L'herbe de la pelouse avait été piétinée et de profonds sillons labouraient la terre humide.

« Que signifie tout ceci? » murmura Alice.

Elle se baissa pour examiner le sol et n'eut pas la moindre peine à reconnaître les empreintes de souliers à clous. Quant aux autres traces, elles avaient manifestement été provoquées en traînant des meubles ou de lourdes caisses.

« Voilà qui est bien étrange, mais je crois que je commence à y voir clair, se dit Alice. Maintenant, je comprends ce que faisait sur la route le véhicule qui m'a précédée : c'était un camion de déménagement! »

Soucieuse, elle procéda à un examen plus approfondi du terrain.

« Ces traces-là remontent à moins d'une heure », conclut-elle.

Elle s'approcha de la villa avec précaution. Celle-ci semblait déserte. Où donc se trouvait Jeff Evans, le Noir chargé de surveiller la propriété?

Alice gravit les marches du perron et sonna. N'obtenant pas de réponse, elle entra, puis traversa le vestibule et poussa une porte au hasard. Elle s'arrêta sur le seuil, stupéfaite.

La pièce était vide. On avait tout déménagé, mobilier, tapis, tentures et jusqu'aux rideaux arrachés à leurs tringles. Alice fit rapidement le tour de la maison et constata que celle-ci avait été mise tout entière au pillage, à l'exception d'une seule chambre, demeurée presque intacte. Mais elle remarqua le tapis roulé dans un coin et ficelé solidement, déjà prêt à être enlevé.

Cependant, Alice s'interrogeait anxieusement sur la signification de ce qu'elle venait de découvrir. S'agissait-il d'un cambriolage? Tout semblait le prouver, et les journaux de River City avaient souvent parlé de vols importants commis dans certaines des riches villas avoisinant le lac des Oiseaux. A la suite de ces incidents, les propriétaires des environs avaient engagé des gardiens à l'année pour éviter de nouveaux pillages. Sans doute était-ce ainsi que Jeff Evans s'était vu chargé de surveiller la maison des Topham... Et Alice se demandait comment expliquer l'incompréhensible absence de cet homme, absence dont les voleurs avaient manifestement profité.

Soudain, le cœur d'Alice se serra, tandis que la certitude d'un irréparable malheur s'imposait à son esprit :

« Les voleurs ont sûrement emporté l'horloge de Josiah avec le reste », murmura-t-elle.

Cette fois encore, Alice éprouvait le sentiment d'une totale défaite à l'instant même où elle croyait toucher au but. Quel sort cruel s'acharnait donc ainsi sur elle, comme pour lui interdire de percer le mystère de l'affaire Crosley...

Cependant, son optimisme habituel ne tarda pas à l'emporter sur les pensées décourageantes qui l'assaillaient :

« Qui sait? Cette horloge a peut-être été oubliée, se dit-elle, ou bien les voleurs n'auront pas voulu s'en embarrasser... »

Alors, elle se mit à explorer les moindres recoins de la maison, ouvrant les placards, fouillant partout de la cave au grenier. Mais ce fut en vain : l'horloge de Josiah était introuvable.

Alice regagna finalement la chambre que les pillards avaient épargnée.

« Pourquoi n'ont-ils pas tout emporté? se demanda-t-elle. Le mobilier de cette pièce a certainement une valeur comparable à celle des meubles volés dans le reste de la maison. Enfin, pourquoi aurait-on roulé et ficelé ce tapis pour le laisser ici? Les cambrioleurs auraient-ils été dérangés par mon arrivée? C'est étrange : je n'ai pas vu leur camion et je suis pourtant bien sûre qu'il n'était pas parti depuis longtemps quand j'ai traversé le jardin... »

Alice ne put s'empêcher de jeter autour d'elle un coup d'œil inquiet, songeant tout à coup qu'elle se trouvait seule, en pleine nature, à plusieurs kilomètres de la maison la plus proche.

« Mon Dieu, pensa-t-elle, que vais-je devenir si ces voleurs reviennent par ici? »

Elle prêta l'oreille. Le silence qui régnait dans la maison déserte lui parut soudain effrayant. Malgré elle, Alice frissonna. Elle croyait se sentir épiée dans le moindre de ses gestes...

CHAPITRE XII

LES VOLEURS

« Que je suis donc sotte d'avoir peur! » murmura Alice.

De nouveau, elle visita la maison et, à son vif soulagement, n'y découvrit rien d'insolite. Pourtant elle ne pouvait se libérer entièrement de l'angoisse qui l'étreignait. Dans l'air même flottait quelque chose d'inquiétant.

Convaincue désormais que l'horloge de Josiah Crosley avait été emportée par les malfaiteurs, elle ne songeait plus qu'à quitter rapidement ces lieux sinistres.

« Je m'arrêterai au premier poste de police que je trouverai en chemin pour signaler le cambriolage, décida-t-elle. Les voleurs n'ont pas dû avoir le temps d'aller bien loin : comment pourraient-ils faire de la vitesse avec un camion aussi lourdement chargé? Qui sait, peut-être reste-t-il une chance de les rejoindre! »

Alice traversa la pièce dans laquelle elle se trouvait pour gagner le vestibule. Passant devant une fenêtre, elle jeta par hasard un coup d'œil au-dehors et ce qu'elle vit alors la remplit de terreur.

Dans l'allée qui menait à la maison, un homme s'avançait, la casquette rabattue sur les yeux.

La jeune fille resta un instant clouée sur place, comme paralysée par l'épouvante. Elle était certaine que cet individu appartenait à la bande des malfaiteurs... Cependant, son hésitation ne dura guère et, revenant sur ses pas, elle se précipita dans la chambre que les voleurs n'avaient pas encore eu le temps de mettre à sac. Mais elle s'aperçut aussitôt qu'elle venait de se prendre elle-même au piège, la pièce n'ayant pas de sortie sur le jardin.

Alice voulut alors se réfugier dans la salle à manger dont les portes-fenêtres s'ouvraient sur la véranda. Trop tard. A peine avait-elle fait quelques pas que déjà l'inconnu atteignait le perron de la villa. Toute retraite était coupée, car il ne fallait pas songer à traverser le vestibule sans être vue.

Alice promena autour d'elle un regard éperdu. Que faire? Elle n'avait pas d'autre refuge que la penderie et s'y engouffra sans hésiter.

Il était temps : à peine venait-elle de tirer derrière elle la porte de sa cachette qu'elle entendit résonner le pas lourd d'un homme. Risquant un coup d'œil par une fente du panneau, elle vit entrer dans la chambre un individu à l'air louche. Grand, de forte carrure, il avait un visage dur et cruel.

Comme il se tournait vers le placard où Alice était enfermée, celle-ci retint son souffle, osant à peine respirer par peur de trahir sa présence. L'homme cependant ne parut rien remarquer d'anormal, car son regard ne fit que s'arrêter un instant sur la porte, puis se détourna aussitôt.

La cachette d'Alice n'était rien moins que confortable. C'était un étroit réduit, obscur et encombré de vieux vêtements. On y respirait une odeur de poussière et de moisi qui ne tarda pas à incommoder la jeune fille. Vite, sentant qu'elle allait éternuer, elle porta son mouchoir à ses narines.

Heureusement, son malaise se dissipa et elle commença à explorer sa cachette à tâtons. Elle retint de justesse une exclamation de douleur quand ses doigts rencontrèrent la pointe d'un clou dépassant le bord d'un rayon fixé au fond de la penderie. Comme elle passait la main sur la planche, elle toucha soudain une masse soyeuse : on eût dit la fourrure d'un chat. Alice ne put réprimer un geste de recul, puis elle s'enhardit et tâta l'objet avec précaution.

« Ce n'est qu'un vieux bonnet de fourrure, fit-elle, avec dégoût. Il est au moins plein de mites... Allons bon, voici que l'envie d'éternuer me reprend! Mon Dieu, que vais-je devenir? C'est encore pire que tout à l'heure! »

Elle passa sa main sur sa bouche et, désespérément, retint son souffle. Quelques secondes passèrent. Elle était au supplice. Enfin, elle réussit à mieux respirer.

Se retournant vers la porte, elle se risqua à coller

113

de nouveau son œil à la fente. Deux autres individus, à la mine patibulaire, venaient de pénétrer à leur tour dans la pièce. Celui qui les avait précédés semblait être le chef, car il se mit à donner des ordres d'un ton sans réplique :

« Vite, au travail, lança-t-il. Il s'agit de filer d'ici en vitesse, si nous ne voulons pas nous faire pincer. » Puis, désignant un grand bahut de chêne sculpté : « Commencez par sortir ça », ordonna-t-il.

De sa cachette, Alice assista au pillage. Les trois hommes s'emparèrent de tous les objets et bibelots de valeur, arrachèrent tentures et rideaux. Un par un, les meubles prirent le chemin du jardin.

« Allons, je crois que nous n'avons rien oublié, déclara enfin le chef. Il n'y a plus qu'à filer. »

L'homme se dirigea vers la porte afin de rejoindre

ses compagnons qui descendaient déjà les marches du perron. En atteignant le seuil de la chambre, il se retourna et jeta un dernier coup d'œil autour de la pièce.

Soudain, un éternuement discret se fit entendre du côté de la penderie...

L'homme sursauta et, sans hésiter, marcha vers l'endroit suspect. Il ouvrit brutalement la porte du placard et découvrit la pauvre Alice pelotonnée au fond de sa cachette. Fou de rage, il la tira dehors.

« Alors, on nous espionne? » dit-il d'une voix sifflante.

Alice le regarda avec défi.

« Vous vous trompez, répliqua-t-elle froidement.

— Que faisiez-vous donc dans ce placard, je voudrais bien le savoir!

— J'étais venue voir le gardien de la villa.

— Vous le cherchiez vraiment dans un curieux endroit », railla l'homme.

Alice comprit qu'elle se trouvait dans une situation désespérée et l'expression qu'elle vit sur le visage du bandit acheva de l'épouvanter.

« J'ai entendu arriver quelqu'un et je me suis affolée, balbutia-t-elle.

— Eh bien, ma petite, ce n'est sûrement pas ta bonne étoile qui t'a amenée ici », annonça l'homme, adoptant un ton de feinte cordialité. Puis, sans transition, sa voix se fit menaçante :« Je ne sais pas ce que tu as pu entendre tout à l'heure, du fond de ce placard, continua-t-il, mais je t'avertis que tu n'auras sans doute plus jamais l'occasion de te mêler de ce qui ne te regarde pas! »

Comment Alice aurait-elle pu se méprendre sur le sens de ces paroles? Il lui suffisait de regarder son adversaire pour comprendre qu'il n'était pas homme à se laisser apitoyer. Alors, se sentant perdue, elle rassembla son courage, résolue à défier le bandit.

« Si je n'ai pas entendu grand-chose, j'en ai vu assez pour savoir à quoi m'en tenir, s'écria-t-elle. Vous n'êtes qu'un vulgaire cambrioleur et je vous promets de ne rien épargner pour vous dénoncer à la police, vous et vos complices!

— A condition que je te le permette, dit le voleur avec un sourire méchant. Mais je ne serai pas si bête : je te traiterai comme le gardien!

— Comment! s'exclama-t-elle, frappée d'horreur. Qu'avez-vous fait de lui?

— Patience, tu le sauras bientôt. »

Alice s'efforça de libérer ses poignets que l'homme tenait serrés comme dans un étau.

« Inutile de te fatiguer, ma petite. Je ne te lâcherai pas », dit le bandit.

Alice parut renoncer. Soudain, risquant le tout pour le tout, elle leva les mains et se dégagea d'une violente secousse. Puis, rapide comme l'éclair, elle s'élança vers la porte.

Le bandit poussa un cri de rage. D'un bond il rejoignit la fugitive et la saisissant brutalement par le bras, la poussa contre le mur de la chambre.

« Tu croyais donc que tu allais m'échapper comme cela », fit-il, goguenard.

Alice se débattait de toutes ses forces. Elle luttait avec l'énergie du désespoir, se défendait à coups de pied, griffant et mordant son adversaire, déchaînée. Mais ce fut en vain : elle ne put échapper à la poigne de fer qui la retenait prisonnière.

« Ma parole, c'est une vraie tigresse! s'exclama l'homme. Mais attends un peu, ma petite : quand j'en aurai fini avec toi, il ne sera plus question de griffer personne, je t'assure.

— Lâchez-moi! » criait Alice, redoublant d'efforts.

L'homme la traîna jusqu'à la penderie puis la jeta brutalement à l'intérieur.

Elle entendit une clef tourner dans la serrure. Un verrou grinça, buta à fond de course avec un petit choc métallique.

« Et maintenant, tu peux bien mourir de faim : je m'en moque! » lança le bandit en ricanant.

Aussitôt après, le martèlement régulier de ses brodequins sur le plancher annonça à Alice que l'homme quittait la maison. Le bruit des pas décrut, puis ce fut le silence...

CHAPITRE XIII

PRISONNIÈRE!

Lorsque Alice comprit que le bandit s'en était allé, exécutant sa menace de l'abandonner dans ce placard où elle ne pourrait que mourir de faim, elle fut saisie d'une peur panique. Bientôt elle entendit le grondement assourdi d'un camion qui manœuvrait aux abords de la villa. Le lourd véhicule rejoignit la route, puis s'éloigna.

Dans la maison régnait un silence de mort. Alice appela au secours, sans grand espoir, car elle doutait fort qu'il pût se trouver âme qui vive aux alentours de la villa. Ses cris résonnèrent dans les pièces désertes où l'écho les répétait à l'envi comme pour se moquer d'elle.

« Aussi, pourquoi ai-je eu la sottise de cacher à Doris que je comptais passer par ici, se lamentait la jeune fille. Au camp, tout le monde me croit repartie pour River City. Jamais on ne pourra soupçonner ce que je suis devenue! »

Fiévreusement, elle s'ingéniait à découvrir dans son esprit quelque raison d'espérer.

« Peut-être quelqu'un s'étonnera-t-il de voir ma voiture abandonnée au bord de la route, songea-t-elle. Ce n'est pourtant guère probable : il passe si peu de monde par ici en fin de saison... »

Mais qu'était devenu Jeff Evans, le vieux gardien de la villa? La jeune fille n'osait attendre le moindre secours de ce côté : le chef des bandits n'avait-il pas laissé entendre qu'il s'était débarrassé de lui?

Tandis qu'Alice réfléchissait ainsi, l'horreur de la situation dans laquelle elle se trouvait lui apparut pleinement. Une vague de terreur la submergea et elle se leva d'un bond, résolue à sortir de sa prison coûte que coûte. Elle se jeta contre la porte de tout son poids et tenta de l'ébranler à coups de pied et de poing. Mais après plusieurs tentatives, elle dut renoncer, haletante, les mains meurtries.

Elle s'assit par terre, calmée par cet effort désespéré, et, posément, s'obligea à réfléchir.

« C'est ridicule : je m'épuise inutilement. Jamais je n'obtiendrai un résultat en m'y prenant de cette manière, se dit-elle. Voyons, essayons de raisonner et gardons notre sang-froid. Sinon, tout est perdu. »

Au bout d'un instant, Alice se souvint d'avoir lu

quelque part que l'on pouvait crocheter une serrure avec une épingle à cheveux. Vite, elle retira l'une des pinces métalliques qui maintenaient ses boucles et se mit au travail. L'obscurité complète qui régnait dans le placard rendait la tâche malaisée. Pendant plus d'un quart d'heure, elle s'entêta mais dut finalement abandonner la partie.

« Inutile d'insister, fit-elle en soupirant. Ce n'est pas le bon moyen. »

Il lui vint soudain une autre idée et elle se mit à explorer minutieusement le placard. Peut-être aurait-elle la chance d'y découvrir quelque objet susceptible de l'aider à forcer la serrure... Elle fouilla les poches de tous les vêtements accrochés aux patères disposées le long des murs, promena ses mains sur le plancher, centimètre par centimètre.

Les recherches n'eurent malheureusement d'autre effet que de soulever un nuage de poussière. Tout à coup, au moment où la jeune fille s'y attendait le moins, elle heurta de la tête quelque chose dont jusque-là elle n'avait pas décelé la présence. Elle leva la main et identifia au toucher une tringle de bois traversant la penderie d'un côté à l'autre. Sans doute était-ce là que l'on accrochait les cintres destinés à recevoir les vêtements.

« Voilà ce qu'il me faut, s'écria Alice. Si je réussissais à descendre cette tringle, elle pourrait me servir à forcer la porte : elle me paraît être suffisamment solide et aussi de bonne longueur... »

A sa grande satisfaction, Alice put décrocher la barre sans peine. Mais elle s'aperçut en l'examinant qu'il ne lui serait guère facile de l'utiliser pour cogner contre la porte à la manière d'un boutoir : elle était trop longue et le recul serait insuffisant. Cependant, quelques essais prouvèrent à Alice que cette tringle lui serait fort utile pour exercer des pesées sur les gonds.

Insérant l'extrémité de la barre dans une fente qu'elle avait remarquée entre le chambranle et la porte au niveau des charnières, Alice pesa de toutes ses forces sur l'outil improvisé. Rien ne bougea.

« Quand je pense qu'à ce que prétendait Archimède, un simple levier permettrait de soulever le monde! s'écria la jeune fille reprenant haleine. Je voudrais bien le voir à l'œuvre ici en ce moment! »

A la seconde tentative. Alice vit que les gonds commençaient à céder.

« Ça y est! » fit-elle, triomphante.

Elle se jeta de tout son poids sur la tringle. La secousse arracha l'une des charnières, et la porte déséquilibrée s'écarta davantage du chambranle. Cette fois, la fente était assez large pour permettre à la prisonnière de manœuvrer facilement son levier.

Encouragée par ce succès, Alice se remit hardiment à l'ouvrage. Soudain, comme la deuxième charnière allait céder à son tour, la jeune fille eut la surprise d'entendre un bruit de pas. Avant qu'elle ait pu comprendre ce qui se passait, quelqu'un entra dans la chambre en trombe et vint se jeter contre la porte de la penderie.

Abasourdie par cette scène rapide, Alice n'osait plus faire un mouvement. Les bandits auraient-ils par hasard entendu son vacarme et seraient-ils revenus pour s'assurer qu'elle ne pouvait s'échapper? Non, c'était impossible : ces hommes étaient bien trop avisés pour s'attarder sur les lieux de leur forfait. Et puis, n'avait-elle pas entendu leur camion s'éloigner...

Se remettant de sa surprise, elle secoua furieusement le bouton de la porte.

« Ah! ah! on dirait que cette fois-ci le lion est en cage, s'écria une voix d'homme mal assurée. Vous êtes l'un de ces maudits brigands, bien sûr, mais vous ne ferez pas grand tort à présent : je vous tiens!

— Laissez-moi sortir, supplia Alice. Je vous assure que je ne suis pas un voleur! »

Stupéfait d'entendre une voix féminine venant de la penderie, l'homme reprit bientôt d'un ton doucereux :

« Alors, on essaie de se faire passer pour une dame, maintenant. On espère sans doute que je vais perdre la piste, hein? Seulement, ce n'est pas de chance : j'ai du flair, moi... comme un vrai chien de chasse! »

Cherchant un moyen de convaincre son interlocuteur, Alice fut prise d'une inspiration subite et se mit à pousser des cris suraigus.

« Quel vacarme s'exclama l'homme en se bouchant les oreilles. Arrêtez! Je vais ouvrir tout de suite... »

Alice entendit une clef tourner dans la serrure, puis on tira le verrou. Vite, elle poussa la porte et sortit.

Elle se trouva face à face avec Jeff Evans, le Noir que les Topham avaient pris à leur service. Alice était si persuadée que le vieux gardien avait été victime des bandits qu'elle resta stupéfaite de lui voir bonne mine et l'air réjoui. A vrai dire, cette joyeuse humeur lui parut plutôt suspecte : sans doute l'homme avait-il un peu abusé de certaines boissons...

Jeff Evans gardait pleinement conscience de ce qui l'entourait, mais l'éclat insolite de ses yeux et ses gestes imprécis confirmaient à la jeune fille l'impression qu'elle avait eue tout d'abord. Alice en déduisit que le gardien s'étant probablement absenté pour rejoindre des amis, les voleurs avaient profité de son départ pour s'introduire dans la villa et en déménager le mobilier.

Jeff semblait au comble de l'effarement. Son regard fit le tour de la pièce, puis se posa sur la jeune fille.

« Dites, mademoiselle, où sont les meubles? » demanda-t-il.

Alice ne put s'empêcher de sourire de cette question naïve. Manifestement, l'homme ne pouvait encore en croire ses yeux.

« Tout ce que je puis vous dire, répondit-elle, c'est que la maison a été cambriolée et que les voleurs ont tout emporté. Si vous étiez resté à votre poste, cela ne serait pas arrivé.

— Doux Jésus, voici qu'on m'accuse à présent! fit Jeff d'une voix plaintive. Mais je suis honnête, je ne

suis pas comme tous ces gangsters à mitraillette, moi! »

L'homme s'interrompit et se passa la main sur le front comme pour en chasser les vapeurs d'alcool qui lui obscurcissaient encore les idées. Soudain, il se mit à rouler des yeux effarés et tendant vers la jeune fille un doigt menaçant, il questionna :

« D'abord, qu'est-ce que vous faites ici, vous?

— Il est bien temps de poser une question pareille, répondit Alice, haussant les épaules. Mais je ne demande pas mieux que d'y répondre : je suis arrivée ici au moment où les cambrioleurs achevaient de déménager le mobilier. Avant de décamper, ils m'ont enfermée dans la penderie où vous m'avez trouvée. J'ai dû y passer plusieurs heures...

— Vous êtes restée tout ce temps-là dans le placard! s'exclama Jeff consterné. Ma pauvre enfant! Quand je pense que vous auriez pu mourir de faim ou bien devenir folle de peur? Et si le feu avait pris dans la maison, vous...

— Inutile d'énumérer tout ce qui aurait pu m'arriver, coupa Alice. Je m'en suis tirée, c'est l'essentiel. »

Cependant elle tenait à apprendre ce qui s'était passé et décida d'interroger Jeff à son tour.

« Où étiez-vous donc? demanda-t-elle.

— Eh bien voilà! hier après-midi, j'étais en train de bricoler dans le jardin et je me disais que j'aimerais mieux être ailleurs, n'importe où, ça m'était égal. Vous comprenez, j'en avais par-dessus la tête de faire le gardien : surveiller une grande maison comme ça du matin au soir, sans respirer et sans jamais voir un chat, c'est pas un métier... Et ça ne me déplaît pas trop d'aller boire un verre avec des amis de temps en temps...

— J'ai l'impression que, justement, vous sentez un peu le whisky, Jeff », fit Alice avec malice.

Le Noir prit un air confus et s'essuya la bouche d'un revers de main comme si ce geste allait suffire à lui purifier l'haleine.

« Faut pas m'en vouloir, expliqua-t-il. On m'avait invité...

— Qui était-ce donc?

— Un monsieur blanc qui est arrivé tout à coup dans une grande voiture. Comme il passait sur la route, il me voit dans le jardin et voilà qu'il s'arrête. Il avait bien vu que je m'ennuyais... « Monte avec « moi, qu'il me dit. Tu dois avoir soif et je connais un « petit coin pas loin d'ici où tu vas pouvoir te rafraî- « chir. » Dame, j'ai pas hésité : je monte... Remarquez que j'ai quand même fermé la maison et le garage à clef avant de partir : bref, j'étais tranquille...

— Peut-être, mais à présent, voyez le résultat! s'exclama Alice.

— Pourquoi vouliez-vous que je m'inquiète? protesta le Noir. Je laissais tout en ordre!... Et nous voilà partis, filant comme le vent dans cette grande voiture... Au bout d'un moment, le monsieur se tourne vers moi : « Dis donc, qu'il me fait, si on prenait « déjà un petit acompte », et il tire une gourde de sa poche. « C'est pas de refus », que je réponds. J'avale une gorgée, ou peut-être deux, parce que voilà que je commence à me sentir tout drôle : j'avais plus l'impression d'être en auto. Ma tête tournait...

— Et après, Jeff, que s'est-il passé? demanda Alice.

— D'un seul coup, voilà que je me réveille. J'étais tout seul dans une chambre d'hôtel, couché dans un lit, et plutôt mal en point... Ma foi, je me lève et je vais pour m'habiller quand je m'aperçois que mes clefs ont disparu. Alors, j'essaie de me rappeler ce qui est arrivé et je commence à avoir des doutes : « Voyons, Jeff, que je me dis, ça ne te paraît pas « un peu louche que ce beau monsieur ait été si « aimable? Et comment se fait-il que tes clefs ne « sont plus dans ta poche?... Mon vieux Jeff, ce n'est « pas le moment de traîner ici : rentrons vite afin « de voir ce qui se passe! » Sitôt dit, sitôt fait, et me voilà! »

Un long silence suivit les révélations de Jeff. Alice réfléchissait à ce qu'il convenait de faire.

« Il faut d'abord signaler le vol à la police, décréta-t-elle. Y a-t-il le téléphone dans la maison?

— Hélas! non.

— Alors, nous devons nous rendre immédiatement à la ville la plus proche. Dites-moi, Jeff, pourriez-vous reconnaître l'homme qui vous a emmené?

— Je pense bien! Je le reconnaîtrais entre mille : c'était un grand escogriffe, à la mine chafouine, et qui n'avait pas l'air commode. Comptez sur moi : je ne le manquerais pas! »

Comme Alice allait sortir de la villa, elle songea brusquement à l'horloge de Josiah et à son importance dans l'affaire du testament. Sans doute Jeff Evans serait-il capable de dire si l'objet se trouvait ou non dans la maison avant le cambriolage...

« Je voudrais vous poser une question, Jeff, reprit-elle. Y avait-il ici une vieille horloge rustique à cadran carré?

— Oui, mademoiselle, mais je n'y touchais que pour l'épousseter. Je n'ai même jamais essayé de la remonter pour voir si elle marchait. Quand je veux savoir l'heure, j'ai ce qu'il me faut... » Et Jeff tira fièrement de sa poche une grosse montre d'argent qu'il approcha de son oreille. « Malheur, elle est arrêtée! s'exclama-t-il, l'air consterné. Aussi, ce n'est pas étonnant : au moment où j'aurais dû la remonter, j'étais à l'hôtel où m'avait amené ce gangster de malheur!

— Ce n'est pas bien grave, fit Alice, amusée. Ainsi, vous êtes sûr qu'il y avait une horloge dans la maison?

— Sûr et certain. Je la vois comme si elle était encore là, accrochée au mur. C'est que j'ai de la mémoire, vous savez! »

Alice était maintenant convaincue que l'horloge dont parlait Jeff Evans était bien celle de Josiah et qu'elle contenait toujours le carnet où le vieillard avait noté les détails relatifs à son testament. C'était celle qu'elle avait tant cherchée, et les voleurs l'avaient emportée!

« Je la retrouverai, se dit Alice, plus résolue que jamais. Il n'y a pour cela qu'un seul moyen : rattraper les bandits au plus vite et leur reprendre leur butin! »

Elle se précipita au-dehors et courut à sa voiture en criant à Jeff de la suivre.

Alice démarra dès qu'ils furent installés.

« Où est à présent la pendule de Josiah? se demandait-elle avec angoisse. Pourrai-je jamais la reprendre aux voleurs? »

CHAPITRE XIV

ALICE PRÉVIENT LA POLICE

H EUREUSEMENT pour Alice, la police ne patrouillait par ce jour-là aux abords du lac des Oiseaux... La jeune fille, toujours si prudente et qui se faisait volontiers un point d'honneur d'observer scrupuleusement la discipline de la route, appuyait à fond sur l'accélérateur. Le cabriolet bleu allait bon train, dépassant de loin les vitesses limites autorisées par le code.

« Ça file! disait Jeff, tout juste rassuré. Bigre,

on pourrait bien se retourner... ça ferait un joli grabuge!

— Ne craignez rien : j'ai l'habitude de ma voiture et elle tient admirablement la route », répondit Alice.

Elle atteignit sans encombre les faubourgs de Melrose, petite ville assez proche du lac des Oiseaux.

« Il faudrait peut-être ralentir, dit Jeff. La police d'ici est tellement tatillonne... Je vous garantis que le shérif n'est pas un homme commode, je m'en suis déjà aperçu...

— De quoi s'agissait-il, d'un excès de vitesse? demanda Alice.

— Oh! non : j'essayais seulement de me distraire un peu...

— Je vois, fit-elle amusée. Alors, je suppose que vous savez où se trouve le poste de police?

— Bien sûr. Et le violon aussi... Vous prenez Central Avenue jusqu'au carrefour des Érables. Là, vous tournez à gauche et vous vous arrêtez au deuxième pâté de maisons. »

Quelques minutes plus tard, Alice freinait brutalement devant le poste de police. Elle sauta à terre, tandis que Jeff, jugeant cette précipitation inutile, descendait sans se presser.

« Je désire voir le shérif immédiatement », annonça Alice en pénétrant dans le bureau où se tenait l'homme de garde. « C'est au sujet d'un cambriolage. »

Le policier pressa sur un timbre et, l'instant d'après, le shérif fit son entrée, suivi de plusieurs subordonnés. Alice le mit rapidement au courant de ce qui s'était passé chez les Topham et, se retournant vers Jeff qui avait écouté, l'air inquiet, elle le pria de confirmer son récit.

129

« La demoiselle dit bien la vérité, déclara le Noir, seulement elle est trop indulgente pour ces bandits. Pensez donc : ils ont commencé par me kidnapper, et puis, pour se débarrasser de moi, ils m'ont fait avaler je ne sais quelle drogue... Je m'endors, ils me flanquent à l'hôtel, et quand je me réveille, plus de clefs... Je reviens à la villa dare-dare et qu'est-ce que je trouve? La demoiselle enfermée dans un placard, la maison au pillage et les meubles envolés! »

Les policiers questionnèrent ensuite Alice :

« Avez-vous la moindre idée de la direction prise par les cambrioleurs? demanda le shérif.

— Oui, monsieur. Avant de quitter la villa, j'ai examiné les traces laissées dans le jardin par les pneus du camion. Et tout à l'heure, sur la route, à cinq ou six kilomètres avant d'arriver ici, j'ai remarqué les mêmes empreintes à une croisée de chemins. Elles étaient très nettes sur l'herbe du bas-côté où le conducteur avait dû déraper en prenant le tournant un peu trop vite. Il s'est engagé sur la droite, en direction du nord...

— Seriez-vous capable de retrouver l'endroit?

— Certainement, et je ne demande pas mieux que de vous y conduire sur-le-champ. »

Le shérif donna aussitôt quelques ordres à ses hommes, puis il reprit :

« Partons, mademoiselle. Prenez votre voiture et passez la première, s'il vous plaît. Nous vous suivons.

— Dépêchons-nous, s'écria Alice, se précipitant vers la porte. Les voleurs ont plusieurs heures d'avance sur nous! »

Elle sortit du poste en trombe, sauta dans son cabriolet et mit le moteur en route. Puis elle attendit les policiers avec impatience. Ils parurent enfin, achevant de boucler leurs ceinturons.

Ils s'entassèrent à la hâte dans un car de police rangé au bord du trottoir. Le shérif en personne s'installa au volant. Le moteur commença par renâcler et ne consentit à démarrer pour de bon qu'après plusieurs tentatives infructueuses.

Cependant, Jeff Evans, qui était sorti du poste en même temps que les policiers, tournait autour du véhicule déjà surchargé avec l'espoir d'y trouver une place. Il se hissa sur le marchepied mais l'un des hommes le repoussa d'une main ferme sur le trottoir.

A ce moment, Alice démarra. A la sortie de la ville, elle n'eut aucun mal à retrouver la croisée des chemins où elle avait remarqué les traces du camion et elle s'engagea sans hésiter sur la route du nord, clairement désignée par l'empreinte des pneus.

Une dizaine de kilomètres après le premier carrefour, au détour d'un virage, Alice se trouva brusquement devant un nouvel embranchement. Quelle route fallait-il prendre? Elle s'arrêta, perplexe.

Quelques secondes plus tard, le car de police stoppait à son tour.

« Que se passe-t-il? demanda le shérif.

— Je ne sais pas quel chemin choisir », répondit Alice.

Les policiers sautèrent à terre et procédèrent à l'examen minutieux des nombreuses empreintes de pneus visibles sur la route. Mais en admettant qu'un camion de déménagement fût passé à cet endroit, ses traces avaient été effacées par d'autres véhicules : rien n'indiquait plus la direction prise par les voleurs.

« A mon avis, ils ont dû passer par ici », suggéra le shérif en désignant le chemin de droite.

Alice hocha la tête sans conviction.

« En prenant à gauche, ne va-t-on pas à Garwin? » demanda-t-elle.

Le policier acquiesça.

« Alors, je croirais plutôt que les voleurs sont passés par là. Il est probable qu'ils cherchent à gagner une ville importante où il leur sera facile de passer inaperçu et de se débarrasser rapidement de leur butin.

— Peut-être avez-vous raison, reconnut le shérif.

— J'ai une idée, fit soudain Alice. Nous allons passer chacun d'un côté : pendant que vous prendrez la route de droite, je filerai sur Garwin.

— Et si vous rattrapez ces bandits, que ferez-vous? rétorqua le shérif, l'air amusé. J'imagine que vous n'avez pas l'intention de les arrêter à vous toute seule?

132

— Oh! je n'essaierai même pas, répondit Alice en riant. Je reviendrai vous prévenir aussitôt. Mais dépêchons-nous! Chaque minute perdue est autant de gagné pour les voleurs! »

Les policiers n'avaient pas eu le temps de remonter dans leur car qu'Alice manœuvrait en marche arrière et bifurquait sur la gauche en direction de Garwin.

La route sur laquelle elle s'engagea était excellente. Elle filait droit jusqu'à l'horizon et, la voyant déserte, Alice appuya à fond sur l'accélérateur. Malgré l'avance considérable que les bandits avaient sur elle, il lui fallait les rejoindre coûte que coûte, et avant qu'ils n'atteignissent Garwin. Sinon, tout serait perdu...

« Je suis sûre d'avoir pris le bon chemin, se disait-elle. L'autre route ne mène que dans la campagne... »

Cependant, à mesure que les kilomètres se succédaient, la confiance d'Alice diminuait. Un quart d'heure s'écoula encore. Elle était à présent convaincue qu'elle faisait fausse route et, apercevant un tracteur qui venait à sa rencontre, elle décida d'interroger le conducteur.

« Auriez-vous par hasard rencontré un grand camion de déménagement? demanda-t-elle en s'arrêtant à hauteur de la charrette.

— Oui, mademoiselle, il y a environ vingt minutes, répondit le paysan. Et le chauffeur est un vrai brigand : quand il m'a croisé, il a failli me pousser dans le fossé! »

Alice remercia chaleureusement le fermier et poursuivit sa route, radieuse.

« A l'allure où je roule, je ne vais pas tarder à rejoindre ces bandits, songeait-elle. Mon Dieu, pourvu que je réussisse à mettre la main sur l'horloge de Josiah avant que la police confisque leur butin! »

Dix minutes passèrent, puis dix autres encore. En vain, Alice scrutait la route : on n'y voyait pas le moindre signe du camion.

« Il n'y a pas de doute possible : j'ai dû les manquer, se dit-elle. Je n'ai plus qu'à rebrousser chemin. S'ils étaient devant moi, je les aurais déjà rejoints depuis longtemps... »

C'est alors qu'elle se souvint tout à coup d'avoir dépassé une petite auberge, à environ un kilomètre en arrière. Peut-être les voleurs s'y étaient-ils arrêtés...

« Je vais y aller voir », décida-t-elle.

Le soir tombait. Se disant qu'il lui restait à peine une heure pour espérer découvrir les voleurs, Alice fit demi-tour et se hâta de revenir à l'auberge.

La maison était d'aspect plutôt louche, le site désert, et la jeune fille comprit qu'il lui faudrait se montrer prudente. Un peu en retrait de la route, les vieux bâtiments délabrés se dissimulaient à demi derrière de grands arbres. Au début de la petite allée qui menait à la porte d'entrée se balançait une enseigne délavée : *Au Cheval Noir*, y lisait-on. Sur le côté de l'auberge, Alice aperçut des écuries et un garage.

Lorsqu'elle eut arrêté sa voiture à quelque distance de la maison elle hésita un moment avant de mettre pied à terre.

« Cela ne me dit rien qui vaille d'entrer dans cette maison, murmura-t-elle. Malheureusement, je n'ai pas le choix. »

Elle se dirigea vers l'auberge, cherchant partout des yeux le camion des voleurs. Les portes du garage et des écuries étaient closes, ainsi que celles d'une vaste grange qu'elle n'avait pu voir de la route. Un instant, elle se demanda si les bandits n'y auraient pas enfermé leur véhicule... Sur la pointe des pieds, elle se glissa jusqu'à une fenêtre dont les volets étaient restés ouverts, puis elle risqua un coup d'œil dans la pièce. Elle découvrit alors un spectacle surprenant.

Dans une salle basse, faiblement éclairée, trois hommes étaient assis autour d'une table, buvant et riant. C'étaient les bandits qui avaient cambriolé la villa de Richard Topham!

CHAPITRE XV

UNE ENTREPRISE RISQUÉE

« I<small>L FAUT</small> que je retourne tout de suite prévenir le shérif! » faillit s'exclamer Alice en reconnaissant les voleurs.

Vite, elle s'esquiva et, dès qu'elle fut à bonne distance de la maison, prit ses jambes à son cou. Elle rejoignit sa voiture, bondit sur le siège. Déjà, elle avançait la main pour mettre le contact quand une idée subite lui traversa l'esprit :

« Je parie que le camion est enfermé dans le

garage, se dit-elle. Si j'essayais d'abord de retrouver l'horloge de Josiah?... Cela vaudrait mieux : une fois que le shérif sera ici, on ne me laissera pas fouiller à ma guise... »

Sa décision arrêtée, Alice commença à tirer ses plans :

« Je vais essayer de passer derrière la maison. Comme cela, personne ne s'apercevra de rien... Vite, il n'y a pas une minute à perdre! »

Reprenant la direction de Melrose, Alice roula jusqu'au premier croisement. Là, elle bifurqua à droite et s'aperçut bientôt que le chemin sur lequel elle venait de s'engager menait dans les bois s'étendant derrière l'auberge du Cheval-Noir. Elle s'avança aussi loin qu'elle le pouvait sans risquer d'attirer l'attention, puis arrêta sa voiture à l'abri d'un bouquet d'arbres. Elle se hâta de descendre et, s'étant munie de sa lampe électrique, elle se mit en route.

Il faisait maintenant presque nuit. Alice marchait avec précaution. Elle traversa le jardin qui s'étendait derrière les bâtiments, atteignit le garage. Les portes closes, que l'on n'avait pas verrouillées, s'ouvrirent sans difficulté.

Alice entra, promena le faisceau de sa lampe autour d'elle, sans y découvrir autre chose qu'une vieille Ford tout juste bonne pour la ferraille.

« Le camion est sans doute garé dans la grange », pensa-t-elle.

Elle s'y rendit aussitôt. La porte, en s'ouvrant, grinça de façon sinistre. Alice suspendit son geste et, se retournant vers l'auberge avec inquiétude, attendit quelques instants. A son vif soulagement, rien ne bougea : jardin et cour restaient déserts.

Alice acheva d'écarter le battant de la porte et se

glissa dans la grange. Elle pressa le bouton de sa lampe électrique. La lumière jaillit, découpant l'obscurité. Un cri étouffé s'échappa de ses lèvres. Là, devant elle, se trouvait le camion des bandits!

« Quelle chance! s'exclama-t-elle, contemplant sa découverte. Et maintenant, pourvu que je retrouve l'horloge! »

Elle se hâta de refermer la porte de la grange, craignant que le vent ne la fît battre et grincer, ce qui n'eût pas manqué d'attirer l'attention de l'aubergiste.

Cette fois, Alice se trouva plongée dans l'obscurité complète. Promenant sa lampe sur le camion, elle procéda à un minutieux examen du véhicule. Elle s'aperçut alors avec déception qu'il était clos et entièrement couvert, au lieu de comporter, ainsi qu'elle l'avait espéré, une simple bâche posée sur des arceaux. Les portes arrière qui permettaient de pénétrer à l'intérieur étaient fermées.

D'un geste vif, elle tourna la poignée de la porte, tira, mais à sa grande surprise, le panneau ne s'ouvrit pas. Braquant alors sur lui le faisceau de sa lampe, elle remarqua pour la première fois le trou d'une serrure...

« Zut! Ils ont fermé leur camion à clef! Que vais-je faire à présent! s'exclama-t-elle, affolée. Jamais je ne parviendrai à forcer cette porte. »

Pourtant, elle ne pouvait se résigner à s'avouer vaincue.

« Mais j'y pense : les clefs sont peut-être dans la cabine », se dit-elle tout à coup.

Se précipitant à l'avant du camion, elle grimpa à la place du conducteur et examina fiévreusement le tableau de bord. Hélas! ce fut en vain : aucun trousseau n'était resté sur le contact.

« Rien à faire, le chauffeur aura mis les clefs dans sa poche », conclut Alice en soupirant.

Le découragement la saisit. Elle allait abandonner la partie et reconnaître sa défaite quand il lui vint une idée : ne connaissait-elle pas de nombreuses personnes qui cachaient parfois les clefs de leur voiture sous le siège avant? Peut-être les voleurs en avaient-ils fait autant...

La jeune fille s'empressa de soulever les coussins. La lumière de sa lampe fit brusquement scintiller un petit objet métallique. Alice s'en empara, l'examina : c'était un trousseau de clefs sur un anneau.

« Allons, j'ai quand même de la chance », murmura-t-elle.

Il lui fallut essayer toutes les clefs avant de trouver celle qui s'adaptait à la serrure. Enfin elle réus-

sit à faire jouer le pêne. La porte s'ouvrit. Braquant sa lampe à l'intérieur, Alice s'aperçut qu'elle avait deviné juste : le véhicule était plein à craquer de mobilier et de bibelots, entassés jusqu'au toit.

« Comment vais-je m'y prendre pour fouiller tout cela? » se dit-elle, effarée par ce nouveau problème.

Elle se hissa prestement dans le camion, escalada une pile de chaises et, juchée sur ce perchoir, promena sa lampe autour d'elle. Sièges, tables, caisses, tentures et tapis lui apparurent, confondus dans un enchevêtrement inextricable, sans qu'elle pût rien apercevoir dans tout ce bric-à-brac qui ressemblât à l'horloge de Josiah.

Cependant, le faisceau lumineux continuait à explorer l'intérieur du camion, s'attardant dans les angles, fouillant méthodiquement les meubles entassés. Il s'immobilisa soudain... Alice sursauta et ne put retenir un cri de joie : cet objet qu'elle apercevait à demi enveloppé dans le pan d'une couverture, reposant sur un guéridon perché à l'avant du chargement, n'était-ce pas une vieille horloge rustique?...

Alice ne réussit qu'à grand-peine à s'approcher de sa trouvaille. Allongeant vivement le bras, elle agrippa le coin de la couverture et tira le mystérieux objet jusqu'à elle.

Il lui suffit d'y jeter un coup d'œil pour constater qu'il correspondait en tous points à la description donnée par la vieille Jessica : c'était une horloge ancienne au cadran carré que surmontait un fronton de bois sculpté. Sur celui-ci on pouvait distinguer un soleil entouré de croissants de lune...

Alice contemplait sa trouvaille avec ravissement lorsqu'elle perçut tout à coup un bruit de voix venant du dehors. Les voleurs revenaient!

« Je suis perdue! » se dit-elle.

Tenant l'horloge serrée contre elle, elle se jeta à corps perdu au travers des objets entassés, atteignit l'arrière du véhicule, sauta à terre. Dehors, des pas lourds se rapprochaient. Vite, elle poussa les portes et chercha les clefs restées sur la serrure. Elles avaient disparu...

« Mon Dieu, que vais-je devenir si je ne puis les trouver », murmura-t-elle, terrifiée, le verrouillage des portes étant nécessaire pour que celles-ci restent closes.

A cet instant, Alice aperçut le trousseau qui était tombé sur le sol. Elle le ramassa, trouva par bonheur du premier coup la clef dont elle avait besoin et referma les portes en un tournemain. Le tout n'avait duré que quelques secondes.

Il était temps. Elle entendait distinctement un bruit de voix à l'extérieur de la grange.

Toute retraite coupée, Alice se sentit prise au piège.

« Que faire? » songea-t-elle, désespérée.

CHAPITRE XVI

ALICE FAIT UNE DÉCOUVERTE

ALICE comprit qu'il ne lui restait plus le temps de gagner l'avant du camion pour remettre le trousseau là où elle l'avait trouvé, sous le siège du conducteur. Elle jeta donc les clefs sur le sol.

Elle regardait autour d'elle, éperdue, cherchant vainement une cachette, lorsqu'elle avisa une vieille mangeoire. Elle y courut, grimpa dedans et rabattit sur sa tête le coin de la couverture qui enveloppait l'horloge de Josiah. Au même instant, la porte de la grange s'ouvrit.

Trois hommes entrèrent. Le battant se referma derrière eux. Ainsi qu'Alice l'avait deviné, c'étaient les voleurs. Ils avaient manifestement trop bu, car ils parlaient haut, se querellant pour le partage de leur butin.

« Ça va, taisez-vous », gronda le chef de la bande, impatienté. Et il poursuivit, se dirigeant vers le camion : « C'est pas le moment de causer : dépêchez-vous de monter, qu'on file d'ici avant d'avoir la police à nos trousses! »

Alice entendit l'homme fouiller dans la cabine. Puis il se mit à jurer et interpella l'un de ses compagnons :

« Dis donc, où as-tu fourré les clefs? demanda-t-il d'une voix sifflante.

— Cette idée, riposta l'autre, grincheux. Elles sont sous le siège, pardi.

— Alors, viens les chercher toi-même, et tâche de faire vite, pour une fois!

— C'est bon, je m'en occupe. Ote-toi de là, que j'y voie un peu clair... »

A son tour, le deuxième voleur monta dans la cabine et se mit à la recherche des clefs. Tapie dans sa cachette, Alice osait à peine respirer, tant elle redoutait d'être découverte.

« Ça, c'est fort! » s'exclama l'homme au bout de quelques instants de vaine recherche. « Je les avais pourtant laissées là, sous le siège...

— Si jamais tu les as perdues, fit le chef d'un ton menaçant, je te garantis que ça te coûtera cher! Et tu...

— Je les ai! Elles étaient par terre », interrompit le troisième malfaiteur, se baissant pour ramasser quelque chose à ses pieds. Puis il poursuivit, à l'adresse de son camarade : « Tu as dû vouloir les glisser dans ta poche et elles seront tombées à coté...

— Jamais de la vie! protesta l'autre. Je suis bien certain de ne pas les avoir mises dans ma poche! »

Il s'en fallut de peu que la discussion ne dégénérât en bagarre, car les deux bandits étaient d'humeur peu endurante. Mais leur chef mit brutalement le holà. Puis il fit le tour du camion et secoua brutalement la poignée de la porte arrière afin de s'assurer qu'elle était bien fermée.

Il se tourna vers ses complices : « Et maintenant, vous deux, tâchez de monter en vitesse, si vous ne voulez pas que je vous aide! » commanda-t-il.

Les hommes s'installèrent dans la cabine en ronchonnant. Le chef de bande prit le volant et mit le moteur en route. Mais tous trois avaient encore les idées si peu claires qu'ils ne songèrent pas un instant à ouvrir les portes de la grange. De sorte qu'au dernier moment l'un d'eux dut sauter à terre et courir les repousser précipitamment au milieu d'une tempête de jurons.

Alice poussa un soupir de soulagement en entendant le véhicule démarrer puis manœuvrer pour regagner la route. Elle attendit quelques minutes et quitta sa cachette.

Quand elle sortit de la grange, elle eut le temps d'apercevoir les feux du camion qui allaient disparaître en direction de Garwin. Alors, elle tourna le dos à l'auberge et, tenant l'horloge serrée dans ses bras, elle prit sa course à travers bois pour rejoindre sa voiture.

« Cette fois, je l'ai vraiment échappé belle, se disait Alice. Je préfère ne pas songer à ce qui me serait arrivé si ces bandits m'avaient trouvée! »

Sa frayeur passée, elle ne put s'empêcher de rire en pensant au bon tour qu'elle avait joué aux voleurs, et, serrant la vieille pendule plus fort sur son cœur, elle murmura : « Maintenant que je te tiens, toi, tout m'est égal. Le jeu en valait la chandelle! »

Le bois était si sombre que la jeune fille n'avançait plus qu'à grand-peine, maudissant la disparition de sa lampe électrique qu'elle avait sans doute oubliée dans la grange, au fond de la mangeoire.

Alice atteignit enfin sa voiture, sauta sur le siège.

« En route, décida-t-elle. Je n'ai plus qu'à retourner prévenir le shérif pour qu'il prenne les voleurs en chasse. Maintenant, leur compte est bon... Oh! je sais bien que les Topham ne sont pas très intéressants, mais je ne vais tout de même pas laisser leur mobilier se perdre dans la nature sans lever le petit doigt pour l'en empêcher! »

Comme Alice allait démarrer, son regard tomba sur l'horloge qu'elle avait déposée sur le siège à côté d'elle.

« Que vais-je y trouver? » se demanda-t-elle. Elle hésita, craignant de perdre un temps précieux, mais la tentation était si forte qu'elle ne put y résister davantage.

« Tant pis pour le shérif, murmura-t-elle. Après tout, ce n'est que l'affaire de cinq minutes. »

A la lueur du tableau de bord, elle ouvrit la petite porte vitrée qui protégeait le cadran, passa ses doigts à l'intérieur de la boîte. Celle-ci était vide...

« Rien! » s'exclama-t-elle, consternée.

Il était fort possible que la vieille Jessica eût embrouillé ses souvenirs. D'ailleurs, elle n'avait pas affirmé que le calepin de Josiah eût été dissimulé dans l'horloge. C'était Alice qui avait tiré cette conclusion des détails donnés par la pauvre femme.

« J'étais si sûre de découvrir ce carnet... Où pourrait-il être? »

Saisie d'une inspiration soudaine, elle retourna la pendule, la secoua avec force. Un choc insolite se produisit alors contre la paroi de la boîte. Alice répéta son geste. Aucun doute n'était plus possible : quelque chose ballottait à l'intérieur de l'horloge...

« Je parie que c'est le carnet! s'écria-t-elle, le cœur battant. Il est sûrement derrière le cadran. Mais comment vais-je pouvoir l'atteindre? »

Elle essaya de soulever la plaque de métal émaillé sur laquelle la ronde des heures s'enjolivait de guirlandes fleuries. N'y pouvant parvenir, elle fouilla dans le coffre à outils qui se trouvait sous le siège de la voiture et en retira une pince et un tournevis. Elle démonta en un clin d'œil les aiguilles de la pendule, puis, insérant l'extrémité du tournevis sous le cadran en guise de levier, elle donna une brusque secousse. La plaque sauta en l'air.

Alice jeta un coup d'œil anxieux à l'intérieur de la boîte.

« J'ai trouvé! » s'exclama-t-elle, poussant un cri de triomphe.

Sur le côté, suspendu à un minuscule crochet entre le mécanisme et la paroi de la caisse, se balançait un petit carnet bleu.

CHAPITRE XVII

LA CAPTURE DES VOLEURS

ALICE tira le calepin de sa cachette, puis elle l'approcha du tableau de bord de la voiture. Dans la lumière bleuâtre qui éclairait les cadrans, elle lut ces mots inscrits sur la couverture : « Ceci est la propriété de Josiah Crosley. »

« Ah! cette fois, je tiens la clef du mystère! » s'écria-t-elle.

Vite, elle ouvrit le carnet, tourna les premières pages jaunies par le temps. Elles étaient couvertes d'une petite écriture serrée dont l'encre avait pâli. Alice commença à déchiffrer quelques lignes. Bien qu'il lui fût impossible de distinguer certains mots à la faible lueur des voyants du tableau de bord, elle comprit qu'il s'agissait de notes d'affaires : achats et ventes de titres, recettes et dépenses.

Alice ne se tenait plus de joie, tant elle était persuadée que sa trouvaille lui livrerait le secret du testament. Mais elle comprit que ce serait gaspiller un temps précieux que de procéder sur-le-champ à un examen approfondi du carnet de Josiah : il lui fallait d'abord aider à l'arrestation des voleurs et pour cela mettre la police sur leur piste sans tarder davantage.

Elle se hâta de raccrocher le carnet à l'intérieur de sa niche, ramassa le cadran qui avait glissé sur le plancher de la voiture et le remit en place. Puis elle rabattit la couverture sur l'horloge placée à côté d'elle.

Alice démarra aussitôt, manœuvra, fit demi-tour et reprit le petit chemin par lequel elle était venue. Quelques instants plus tard, elle rejoignait la grand-route. Celle-ci était déserte.

« Je peux me dépêcher, se dit-elle avec inquiétude. Les voleurs ont au moins dix bonnes minutes d'avance sur moi et je risque aussi de ne pas rencontrer tout de suite le shérif. Dieu sait jusqu'où il sera allé dans l'autre direction avant de s'apercevoir qu'il faisait fausse route! »

Elle se pencha sur son volant et pressa à fond sur l'accélérateur.

« Si ces bandits parviennent à Garwin sans être rejoints, la police n'aura plus qu'une chance entre mille de réussir à les capturer, songeait Alice, furieuse contre elle-même. Aussi, pourquoi me suis-je tant attardée?... Du moment que l'horloge de Josiah était en ma possession, j'avais bien le temps de chercher ce carnet un peu plus tard! »

Alice atteignit bientôt la croisée de chemins où elle s'était séparée des policiers. Ralentissant à peine dans le virage, elle s'engagea à toute vitesse dans la direction qu'ils avaient prise. Quelques kilomètres plus loin, elle vit une voiture qui venait à sa rencontre. Prudemment, elle freina.

« C'est peut-être le shérif qui a déjà fait demi-tour », se dit-elle.

Presque aussitôt, elle reconnut les phares puissants du car de police. Alors, elle s'arrêta et, laissant tourner son moteur, attendit. Comme le véhicule allait la croiser en trombe, elle fit signe au conducteur de s'arrêter.

Le car freina brutalement et s'immobilisa dans un grand bruit de pneus crissant sur la chaussée. Alice sauta à terre.

« Vite, cria-t-elle. Les voleurs ont pris la route de Garwin. Il faut les rejoindre. Passez devant, je vous suis! »

A peine avait-elle achevé ces mots que le car démarrait à toute vitesse. En un clin d'œil, il prit un virage et disparut.

Alice bondit dans sa voiture et, à son tour, fonça sur la route.

Les deux véhicules eurent tôt fait d'atteindre le carrefour et de bifurquer en direction de Garwin. Alors, la chasse commença. Le car de police filait à grande allure, suivi de près par le cabriolet d'Alice.

Cependant, celle-ci ne tarda pas à s'inquiéter, car

les kilomètres succédaient aux kilomètres sans que l'on aperçût les fugitifs.

« Comment se fait-il que nous n'ayons pas encore rattrapé ces bandits? se disait-elle. Jamais je ne croirai qu'ils aient pu prendre une telle avance avec un camion aussi lourdement chargé... »

Les minutes passaient, angoissantes. Soudain, Alice distingua les feux arrière d'un véhicule, très loin sur la route.

« Ce sont eux, j'en suis sûre », s'écria-t-elle. Pendant quelques secondes, elle observa les points rouges qui semblaient se rapprocher à vue d'œil. « Pas de doute, conclut-elle, il s'agit bien d'un camion; une voiture particulière roulerait beaucoup plus vite... »

Les policiers étaient évidemment du même avis qu'Alice, car le conducteur ralentit l'allure.

« Défense de tirer, dit le shérif à ses hommes. J'espère que tout se passera sans histoire. Mais si ces vauriens essaient de résister, alors, ne les ratez pas! »

La distance qui séparait le car du camion se réduisait peu à peu, les policiers cherchant à ne pas donner l'éveil aux bandits. Prudente, Alice avait pris un peu de champ et roulait légèrement à gauche, afin de ne pas gêner les policiers et de garder, le cas échéant, sa liberté de manœuvre.

Comme le car rejoignait enfin le lourd véhicule, la lumière des phares qui éclairait l'arrière de celui-ci permit à Alice de lire la plaque d'immatriculation. Elle y reconnut le numéro des bandits.

A ce moment, le chauffeur du camion se rabattit franchement sur sa droite comme pour se laisser doubler. Alors, le shérif fonça à toute vitesse en même temps qu'il déclenchait la sirène d'alarme pour sommer les fugitifs de s'arrêter.

Loin de freiner, l'homme qui était au volant accéléra.

« Halte! hurla le shérif, mettant la tête à la portière. Arrêtez! Sinon, nous tirons! »

Au même instant, un revolver claqua : les bandits ouvraient le feu.

Les policiers ripostèrent par un tir nourri. Leurs projectiles touchèrent au but, l'un des pneus avant du camion éclata. Le véhicule fit une violente embardée, ses roues dérapèrent au bord du fossé, et, perdant l'équilibre, il se coucha sur le talus.

En un clin d'œil, le shérif et ses hommes jaillirent de leur voiture et se ruèrent sur les malfaiteurs. Ceux-ci étaient indemnes, mais étourdis par le choc, ils n'opposèrent plus la moindre résistance.

« Désarmez-les! » commanda le shérif.

L'ordre fut exécuté en un instant. Puis l'un des policiers palpa les poches des bandits afin de s'assurer qu'aucune arme n'y était dissimulée tandis qu'un autre passait les menottes aux prisonniers.

La scène avait été si rapide qu'Alice avait tout juste eu le temps d'accourir. Le shérif se tourna vers elle.

« Reconnaissez-vous ces hommes? » lui demanda-t-il.

Comme le policier braquait sa lampe électrique sur chacun des malfaiteurs à tour de rôle, Alice désigna l'un d'eux sans hésiter.

« Voici celui qui m'a enfermée dans le placard », répondit-elle. Puis, marquant un temps, elle ajouta : « Je puis également affirmer que le mobilier volé à M. Topham se trouve dans le camion.

— Soyez tranquille, mademoiselle, assura le shérif. Leur compte est bon : ce ne sont pas les chefs d'accusation qui manqueront... Sans doute consentirez-vous à déposer contre eux?

— Oui, si cela est vraiment nécessaire, dit la jeune fille sans le moindre enthousiasme. Seulement, j'aimerais pouvoir rentrer chez moi le plus vite possible : j'habite assez loin d'ici, à River City... Il me semble que vous avez déjà pour l'instant suffisamment de charges contre ces hommes pour les écrouer.

— En effet, et je ne crois pas qu'il me faille vous demander de vous attarder à Melrose, reconnut le shérif. Il me suffira de prendre votre adresse et si, un peu plus tard, nous avons besoin d'enregistrer votre déposition, je vous préviendrai. »

Comme Alice donnait son nom, le policier la considéra avec surprise.

« Ainsi, vous êtes la fille de James Roy! s'exclama-t-il. Je vois que vous marchez sur les traces de votre père, mais il me semble que vous n'avez guère perdu de temps pour suivre son exemple! »

Alice se mit à rire.

« C'est uniquement le hasard qui m'a amenée chez les Topham à l'instant critique », expliqua-t-elle, et elle ajouta avec modestie : « Je vous assure que je n'ai pas grand mérite dans cette affaire.

— Ce n'est pas mon avis, répondit le shérif. Ces bandits-là n'en sont pas à leur coup d'essai, et vous risquiez gros, croyez-moi. Ce sont certainement eux qui, depuis quelques années, ont mis tant de villas au pillage dans les parages du lac des Oiseaux... Je connais beaucoup de gens qui vous sauront gré de ce que vous avez fait. Entre autres, cette Mme Topham dont vous avez sauvé le mobilier vous doit une fière chandelle... et je ne serais pas étonné qu'elle vous offrît une belle récompense... »

Alice secoua la tête.

« Je n'y tiens nullement, déclara-t-elle.

— Vous ne l'auriez pourtant pas volée, insista le policier. Mais si cela vous gêne de parler du rôle que vous avez joué, je me charge de renseigner la famille Topham sur ce point...

— On voit bien que vous ne connaissez pas ces gens-là, objecta Alice. Soyez certain qu'ils ne m'offriront rien du tout. D'ailleurs, le feraient-ils que je refuserais. A vrai dire, je vous serais même infiniment reconnaissante de ne pas prononcer mon nom devant eux.

— Mais c'est inconcevable! s'écria le shérif, au comble de la stupéfaction.

— Je préférerais de beaucoup n'intervenir nulle

part dans cette affaire, reprit Alice fermement. Et j'ajoute que j'ai une raison très précise pour m'en tenir à cette discrétion.

— Ma foi, je n'en reviens pas. Vous êtes bien la première personne que j'aie jamais vue refuser une récompense ou des compliments... »

Alice sourit.

« Alors, c'est entendu, n'est-ce pas? reprit-elle au bout d'un instant. Vous ne citerez pas mon nom?

— Comptez sur moi, promit le shérif. Et si cela peut vous faire plaisir, je m'arrangerai pour me passer de votre déposition. » Puis, se tournant vers le camion : « Je vais donner un coup d'œil là-dedans pour la forme », dit-il.

Prenant les clefs que lui tendait l'un de ses hommes, il ouvrit les portes du véhicule et regarda à l'intérieur.

« Tout a l'air en ordre », conclut-il.

Alice faillit sourire en songeant à l'horloge qui, à ce moment même, se trouvait dissimulée dans sa voiture à quelques mètres de là.

« En route! Nous n'avons plus rien à faire ici », décida le shérif. Puis il désigna l'un de ses policiers : « Lucas, vous resterez ici pour garder le matériel en attendant l'arrivée du camion de dépannage, ordonna-t-il. Le temps de conduire ces trois gaillards à Melrose et de les mettre sous clef, je reviens... »

Les policiers poussèrent leurs prisonniers à l'intérieur du véhicule puis s'y entassèrent à leur tour. L'un d'eux s'installa au volant tandis qu'un autre restait campé sur le marchepied en tenant son revolver braqué sur les bandits. Voyant que le car était plein, le shérif se tourna vers Alice.

« Passez-vous par Melrose? demanda-t-il.

154

— Oui, c'est sur mon chemin », répondit-elle sans réfléchir un seul instant à ce que pouvait impliquer la question du policier.

« Alors, me permettez-vous de monter avec vous? Il n'y a plus de place dans le car.

— Mais... bien sûr », balbutia-t-elle.

En un éclair, elle songea à l'horloge qu'elle avait laissée sur le siège de son cabriolet. Que se passerait-il si le shérif la découvrait?

Alice n'eut pas le temps d'en penser plus long : le policier se dirigeait vers la voiture...

CHAPITRE XVIII

LE CARNET BLEU

« P<small>ARDON</small>... un instant, s'il vous plaît, s'écria Alice, se hâtant de devancer le shérif. J'ai un paquet sur le siège. Je vais le mettre dans la malle arrière. »

Elle s'empara vivement de l'horloge, encore emballée dans la couverture.

« Mais laissez donc, protesta le policier. Donnez-moi plutôt ce colis. Je puis bien le tenir...

— Oh! ce n'est pas une telle affaire que de le ranger dans le coffre. Au moins, comme cela, vous n'aurez pas besoin de vous en encombrer. »

Et, joignant le geste à la parole, elle fit le tour de la voiture, souleva le couvercle de la malle, puis se débarrassa si prestement de son fardeau que le shérif n'eut même pas le temps de s'offrir à l'aider.

Un peu plus tard, roulant en direction de Melrose, Alice avait grand-peine à recouvrer sa sérénité. Bien qu'il eût été impossible à l'homme assis à son côté de déceler chez elle le moindre signe de nervosité, elle restait pourtant sous le coup de l'émotion ressentie quelques minutes auparavant. Ce malaise persista pendant tout le trajet et elle ne se sentit vraiment en sécurité qu'après avoir pris congé de son compagnon de route devant le poste de police de Melrose.

« Je l'ai encore échappé belle, se dit-elle en s'éloignant. Je me demande ce qui se serait passé si le shérif avait découvert dans ma voiture l'un des objets volés chez les Topham. J'aurais sans doute eu quelque peine à expliquer comment cette horloge était venue échouer là... »

Bien qu'il fût maintenant très tard, Alice était résolue à regagner River City le soir même. Elle avait grand hâte d'étudier le carnet de Josiah afin de savoir s'il contenait ou non quelque indication permettant de découvrir la cachette du testament.

Il était près de onze heures lorsque Alice atteignit enfin le terme de sa longue course, lasse, mourant de faim et de soif. Contrairement à son attente, aucune lumière ne brillait aux fenêtres de la maison et, en pénétrant dans le garage, elle constata avec surprise que la voiture de son père ne s'y trouvait pas encore.

« Tiens, comment se fait-il que papa ne soit pas rentré à cette heure-ci ? » se demanda-t-elle.

Elle retira l'horloge de la malle arrière et la contempla un instant, fière du résultat de ses efforts.

A l'intérieur de la maison, tout était silencieux. Alice alla jeter un coup d'œil dans la cuisine, mais Sarah était déjà montée dans sa chambre.

« Papa a dû être retenu à son cabinet par quelque travail urgent, se dit Alice. Je vais l'attendre. Il ne saurait beaucoup tarder à présent, et puis je vais en profiter pour examiner le carnet de Josiah! »

Sans perdre une minute, elle souleva le cadran de l'horloge et retira le calepin de sa cachette.

« Maintenant, au travail », murmura-t-elle en se pelotonnant au creux d'un grand fauteuil placé près d'un lampadaire.

Elle commença à feuilleter le carnet, tournant les pages jaunies avec précaution, de crainte qu'elles ne se déchirassent. Le papier fragile semblait usé, comme aminci par un long usage, et il était évident que Josiah Crosley avait conservé ce même carnet pendant de nombreuses années.

Alice poursuivit sa lecture, posément, sans omettre le moindre mot. De page en page se succédaient les indications les plus diverses, simples notes hâtives inscrites au jour le jour, ou relevés détaillés d'importantes opérations financières. La liste des titres, actions et valeurs de toute sorte qui composaient la fortune du vieillard était considérable : le total s'élevait à plus de trois cent mille dollars! Alice en resta stupéfaite.

« Jamais je n'aurais soupçonné que M. Crosley pût être aussi riche », murmura-t-elle.

Commençant à se lasser de cette lecture fastidieuse, elle se mit à sauter des pages afin d'arriver plus vite à la fin du carnet. Soudain, quelques mots attirèrent son attention : il y était question de testament! Elle sursauta, déchiffra une phrase, puis la relut, le cœur battant.

« J'ai trouvé! » s'écria-t-elle.

Ce n'était qu'une courte note, écrite de la main de Josiah :

« J'ai déposé mon second et dernier testament dans le coffre numéro 148, à la Banque Nationale de Masonville, au nom de Josiah Milton. »

Suivaient la signature du vieillard et une date récente.

« Ainsi, ce deuxième testament existait bel et bien! s'exclama Alice. Je suis sûre que Jessica, Grace et Millie n'y auront pas été oubliées! »

Elle se hâta de parcourir les pages suivantes, mais ne put y découvrir aucune autre indication intéressante.

« Rien d'étonnant à ce que personne n'ait jamais mis la main sur ce testament, songeait-elle. Qui donc aurait eu l'idée d'aller le chercher à la banque de Masonville au fond d'un coffre loué au nom de M. Milton? Pour un peu, on ne l'aurait jamais retrouvé... A force de vouloir prendre des précautions, Josiah a bien failli tout gâcher! »

A ce moment, Alice entendit une voiture s'engager dans l'allée qui menait au garage, puis s'arrêter. Elle se précipita à la fenêtre et vit son père ouvrir les portes de la remise.

Quelques instants plus tard, James Roy trouvait sa fille qui l'attendait sur le seuil de la maison.

« Comment, te voici déjà revenue! s'exclama-t-il, stupéfait. Si j'avais su que tu étais rentrée, je ne me serais pas autant attardé. J'achevais d'étudier le dossier d'une affaire passablement épineuse... Mais dis-moi, tu n'as pas passé très longtemps au lac des Oiseaux...

— C'est vrai, reconnut Alice, j'ai eu là-bas quelques surprises, qui m'ont amenée à modifier mes projets... »

Et elle se lança dans le récit de ses aventures. Elle termina en brandissant triomphalement le petit carnet bleu découvert dans l'horloge de Josiah.

James Roy considérait sa fille avec stupeur.

« Décidément, Alice, tu es un vrai détective », dit-il enfin, tandis qu'une expression amusée passait sur son visage.

« Oh! papa, tu te moques de moi.

— Mais non, mon petit, je suis très fier de **toi** au contraire, reprit James Roy d'une voix grave. A ta place, je n'aurais pas fait mieux et peut-être n'aurais-je pas réussi aussi bien que toi... Quand je songe à

« Décidément, Alice, tu es un vrai détective! » →

quels dangers tu t'es exposée en te mesurant à ces trois bandits... Mais puisque te voici revenue saine et sauve, il n'y faut plus penser.

— En tout cas, je connais des gens qui ne m'adresseront certainement aucune félicitation quand ils seront au courant de ce qui s'est passé : ce sont les Topham!

— Le contraire m'étonnerait, fit James Roy avec un sourire. En revanche, ils sont capables de t'accuser du vol de leur horloge, bien que cela ne puisse aboutir à grand-chose : les portes de leur villa étant ouvertes quand tu es arrivée chez eux, l'on ne saurait te reprocher d'être entrée dans la maison en leur absence. Néanmoins, je crois qu'il sera préférable de garder le secret sur certains détails afin que Richard Topham ne puisse apprendre les conditions exactes dans lesquelles aura été retrouvée la trace du testament. »

James Roy prit le carnet bleu et le feuilleta.

« Josiah possédait décidément un joli magot », reprit-il, parcourant la liste des titres soigneusement notés par le vieillard. « Il s'entendait aussi à gérer ses affaires et à placer son argent : d'après ce que je vois, il n'achetait que des valeurs sûres et qui rapportent gros...

— J'espère que les Topham n'en toucheront pas un sou! s'écria Alice.

— C'est probable, bien que l'on ne puisse jurer de rien tant qu'il n'aura pas été procédé à l'ouverture du testament. Mais, si mes renseignements sont exacts, la découverte que tu viens de faire risque de porter à Richard Topham un coup terrible, et au moment le plus mal choisi...

— Que veux-tu dire? questionna Alice, intriguée.

161

— Il paraît que Topham a beaucoup perdu en Bourse ces temps derniers. Cependant, les banques lui ont consenti de grosses avances en raison de ses droits à l'héritage de Josiah Crosley, de sorte qu'il compte évidemment sur cette fortune pour se renflouer. Ceci explique qu'il se démène tant en ce moment dans l'espoir de hâter le règlement de la succession. »

James Roy referma le calepin et le rendit à sa fille.

« Il importe à présent de trouver le testament sans tarder, et avant que Richard Topham puisse flairer quelque chose, déclara-t-il.

— Si tu voulais, papa, je remettrais maintenant toute cette affaire entre tes mains, s'empressa de dire Alice. Je ne connais absolument rien à ce genre de choses...

— Je ne demande pas mieux que de t'aider. Voyons un peu ce que nous allons faire : il s'agit de dénicher ce maudit testament.

— Ce sera facile, je pense. Nous pourrions aller à Masonville demain matin, proposa Alice.

— Sans doute, mais tu oublies que nous n'avons pas de procuration pour ouvrir le coffre de Josiah, objecta James Roy. Aussi faudra-t-il que je me fasse donner un pouvoir par le président du tribunal...

— Mon Dieu, je ne songeais pas à cela, s'écria Alice. Crois-tu que l'on te délivrera cette pièce sans difficultés? »

James Roy sourit.

« Ne t'inquiète pas, dit-il. Je suis suffisamment connu pour obtenir aisément la procuration nécessaire. Je ferai d'ailleurs valoir que Grace et Millie Horner m'ont chargé de défendre leurs intérêts, ce qui est la vérité.

— Cette fois, je suis sûre que tout va s'arranger pour le mieux! déclara Alice avec enthousiasme.

— Attention, Alice, tu sais que l'on ne doit jamais vendre la peau de l'ours avant de l'avoir tué, conseilla James Roy sagement. Il peut y avoir une mauvaise surprise...

— Mais je ne puis m'empêcher d'espérer... Maintenant, je vais aller me coucher, et demain matin, en route pour la grande aventure! Mon Dieu, que je voudrais déjà savoir ce que contient ce testament... »

Sur ces mots, Alice embrassa son père, puis se dirigea vers l'escalier qui montait au premier étage. Elle avait à peine gravi quelques marches qu'elle redescendit en courant pour revenir dans le salon où se tenait encore James Roy. Elle alla droit au guéridon sur lequel elle avait déposé le carnet de Josiah.

« Après tout le mal que j'ai eu pour dénicher ce calepin, il ne faut pas que je le laisse traîner, expliqua-t-elle en riant. Pour être plus tranquille, je vais le mettre sous mon oreiller! »

CHAPITRE XIX

A LA RECHERCHE DU TESTAMENT

L E LENDEMAIN, Alice fut éveillée par le soleil qui pénétrait à flots dans sa chambre. Tournant les yeux vers la pendulette posée sur la commode, elle s'aperçut avec stupeur qu'il était près de dix heures.

« Moi qui voulais me lever tôt! s'exclama-t-elle. La journée sera chargée, et ce n'est pas le moment de faire la grasse matinée! »

Vite, elle passa la main sous son oreiller et ramena le carnet bleu de Josiah. Elle le considéra d'un œil satisfait.

« Quand je pense à la surprise que vont avoir les Topham! » murmura-t-elle.

Elle sauta du lit et s'habilla en toute hâte. Lorsqu'elle entra dans la salle à manger, la place de son père était vide, James Roy ayant dû se rendre en ville à l'heure habituelle pour ne pas manquer les rendez-vous pris avec ses clients.

« Mon Dieu, se dit Alice, déçue. Pourvu que papa n'ait pas oublié que nous devons aller à la banque de Masonville! »

A ce moment, Sarah fit son entrée, apportant de la cuisine un plat de gaufres dorées, encore fumantes.

« Ton père m'a chargée de te dire que dès que tu serais prête, il fallait que tu ailles le rejoindre à son cabinet, annonça-t-elle. Et il a bien recommandé que tu n'oublies pas d'apporter ton carnet. »

Dix minutes plus tard, Alice prenait le volant de son cabriolet et partait pour la ville. Heureusement, quand elle arriva au bureau de son père, celui-ci était seul.

« Je suis désolée d'être aussi en retard, fit-elle. Je ne me suis pas réveillée... Tu devais commencer à t'impatienter?

— Pas du tout, mon petit, répondit James Roy. J'avais dit à Sarah de te laisser dormir tranquillement. D'ailleurs, il nous eût été impossible de tenter la moindre démarche au sujet du testament sans l'autorisation délivrée par le président du tribunal...

— As-tu réussi à l'obtenir?

— Oui, je suis passé au palais de justice avant de venir ici. J'ai vu le président, je lui ai tout expliqué, et il m'a fait établir un pouvoir immédiatement. J'ai le papier... » En disant ces mots, James Roy tapa légèrement sur la poche de son veston.

« Et moi, dit Alice, j'ai apporté le calepin de Josiah. C'est bien ce que tu voulais, n'est-ce pas?

— Oui, car il me semble plus prudent de le garder en lieu sûr... Donne-le-moi : je vais le ranger dans mon coffre-fort. »

Alice tendit le calepin à son père.

« Quand partons-nous pour Masonville? » demanda-t-elle dès que James Roy eut enfermé le précieux carnet.

« A l'instant, si tu veux... »

Alice ne se le fit pas dire deux fois et se dirigea vers la porte aussitôt, tandis que l'avocat donnait rapidement quelques instructions à sa secrétaire. Quand il rejoignit sa fille, celle-ci était déjà installée au volant du cabriolet.

Un peu plus tard, la voiture roulait à grande allure sur la route de Masonville.

« Si nous ne retrouvons pas ce testament, je ne m'en consolerai jamais », dit Alice au bout d'un moment.

James Roy jeta un coup d'œil à la jeune fille. Son teint animé, ses yeux brillants trahissaient son impatience ainsi que l'angoisse qui s'emparait d'elle à mesure qu'approchait le dénouement de l'affaire Crosley.

Ils arrivèrent enfin à Masonville. Alice trouva une place juste devant la Banque Nationale. James Roy descendit de la voiture.

« Tu peux venir avec moi », fit-il, voyant qu'Alice hésitait à le suivre.

Ensemble, ils pénétrèrent dans la banque. L'avocat se présenta et demanda à voir le directeur. Quelques instants plus tard, on l'introduisait avec Alice dans une vaste pièce. Assis à un bureau de taille imposante, un homme d'un certain âge était plongé dans l'étude d'un dossier. Il se leva pour accueillir les visiteurs.

Les premières politesses échangées, James Roy commença à exposer la mission dont il était chargé en tant que représentant les héritiers de Josiah Crosley. Mais très vite, le banquier l'interrompit en ces termes :

« Je crains, maître, qu'il n'y ait ici quelque malentendu, car à ma connaissance, nous n'avons jamais eu affaire à quiconque du nom de Josiah Crosley.

— Peut-être le client dont il s'agit ne s'était-il pas présenté sous sa véritable identité, suggéra James Roy. Je crois en effet qu'il avait loué un coffre dans votre banque au nom de Josiah Milton.

— Josiah Milton, dites-vous? » Le directeur réfléchit un moment, et continua : « Il me semble que nous avons essayé récemment de retrouver la trace d'une personne de ce nom. Voyons, si mes souvenirs sont exacts, la location de son coffre est restée impayée depuis déjà quelque temps... Mais si vous voulez bien m'excuser un instant, je vais vérifier. »

Le banquier passa dans une pièce voisine et reparut quelques minutes plus tard, un papier à la main.

« C'est bien cela, déclara-t-il. Un certain Josiah Milton a loué ici le coffre 148, et le montant de la location n'a pas été payé depuis un an. Tenez, si vous voulez bien jeter un coup d'œil, voici la signature du personnage... »

Alice et son père se penchèrent anxieusement sur le document qu'on leur tendait. Ils n'eurent aucune difficulté à y reconnaître la petite écriture contournée de Josiah Crosley.

« Il peut se faire que Milton et Crosley n'aient été

qu'une seule et même personne, ainsi que vous le suggériez, poursuivit le banquier. Malheureusement, je n'ai pas qualité pour vous autoriser à examiner le contenu du coffre...

— Je suis en possession d'un pouvoir délivré par le président du tribunal, dit alors James Roy avec calme.

— Oh! voici qui est différent », fit vivement le banquier, semblant prendre un soudain intérêt à l'affaire qu'on lui soumettait. « Puis-je voir cette pièce, s'il vous plaît?

— Mais certainement... » Et disant ces mots, James Roy tira de sa poche le document qu'il tendit à son interlocuteur.

Celui-ci l'examina avec attention, puis le rendit, l'air satisfait.

« Tout est-il en règle? demanda l'avocat.

— Parfaitement, maître. Vous pourrez donc ouvrir ce coffre... en ma présence, naturellement... Vous avez la clef, je suppose? »

Alice sentit son cœur se serrer : pas un instant, elle n'avait songé à cette clef dont parlait le banquier.

« Je ne la possède pas, reconnut James Roy. Mais n'avez-vous pas un double?

— Attendez-moi quelques instants, répliqua le banquier. Je vais voir... »

Il quitta la pièce et revint presque aussitôt, en brandissant une enveloppe cachetée de cire.

« Notre client qui, selon l'usage habituel, avait reçu deux clefs, en laissa une en notre possession, enfermée dans cette enveloppe, expliqua-t-il. Puisque vous avez obtenu pouvoir du tribunal pour procéder à l'ouverture du coffre, je crois être autorisé à vous donner les moyens de remplir votre mission : voici la clef... » et il remit le pli à l'avocat.

A l'en-tête de la Banque Nationale de Masonville, l'enveloppe portait le nom de Josiah Milton, ainsi que le numéro du coffre. Elle ne contenait qu'une petite clef plate, sans plus.

« Et maintenant, descendons à la chambre forte, dit le banquier, guidant ses visiteurs vers la porte. Je vous accompagne. »

Alice et son père suivirent le directeur jusqu'à l'ascenseur qui desservait les caves de la banque. Parvenus au dernier sous-sol, ils franchirent de lourdes grilles donnant accès à une petite pièce qui servait de poste de contrôle et de surveillance. Puis ils pénétrèrent enfin dans la salle des coffres, dont les parois étaient entièrement tapissées de petites portes métalliques étincelant sous les lampes.

Le banquier se dirigea sans hésiter vers le fond

de la salle. Il introduisit successivement dans deux serrures disposées côte à côte une petite clef que venait de lui remettre un gardien, puis celle confiée à James Roy. Il fit jouer les pênes, la porte s'ouvrit. Le directeur de la banque tira à lui une boîte de métal de forme plate et la tendit à l'avocat. Celui-ci en souleva vivement le couvercle, regarda à l'intérieur, tandis qu'Alice, tremblante d'émotion, se penchait sur l'épaule de son père.

Au premier coup d'œil, elle crut que la boîte était vide, car cette dernière ne contenait que quelques papiers pliés au fond. Soudain, Alice les aperçut.

« Le testament! » s'écria-t-elle.

James Roy sortit le document et le parcourut hâtivement.

« C'est bien cela, en effet, annonça-t-il.

— Un testament? Voilà qui est parfait! » dit le banquier, manifestement intéressé par le dénouement de cette mystérieuse affaire.

Cependant, l'avocat se tournait vers lui.

« Puis-je vous demander, monsieur, reprit-il, de bien vouloir apposer vos initiales sur chacune des pages de ce document afin que vous puissiez, le cas échéant, l'identifier sans contestation possible. J'en ferai moi-même autant.

— Très volontiers, maître. J'ai déjà eu l'occasion de procéder ainsi dans des circonstances analogues. »

Ces formalités terminées, James Roy remercia le banquier du concours qu'il lui avait apporté et prit congé. Quelques instants plus tard, le père et la fille se retrouvaient assis côte à côte dans le cabriolet bleu. Ils se regardèrent avec un sourire malicieux, comme deux enfants heureux d'avoir réussi une bonne farce.

« Qu'en dis-tu, Alice? Le tour est joué, et bien joué, n'est-ce pas? fit l'avocat.

— Ma foi oui, mais ce n'est pas le tout... Lis vite ce testament : je meurs d'envie de savoir ce qu'il contient. Ne me laisse pas languir! »

Le document comprenait plusieurs pages couvertes d'une petite écriture serrée. James Roy étala les feuillets sur ses genoux, et Alice se pencha avidement pour lire en même temps que lui. Mais elle distinguait fort mal et se perdait en outre dans les termes juridiques.

« Quel charabia! fit-elle en soupirant. Il sera bien compliqué de déchiffrer tout cela...

— En effet, et je crois qu'il te faudra patienter jusqu'à ce que nous soyons de retour à mon bureau... »

L'avocat prit la dernière page et l'étudia quelques instants.

« A ce que je vois, l'un des deux témoins était le docteur Nesbitt, reprit-il. Voici qui expliquerait que personne n'ait eu vent de l'existence de ce document, car je me rappelle très bien que Nesbitt est mort peu après Josiah... Quant au deuxième témoin, un certain Thomas Wackley, je n'ai, ma foi, jamais entendu parler de lui.

— Bah! peu importent ces gens-là, s'écria Alice. Ce qui m'intéresse c'est de savoir si Grace, Millie et la pauvre Jessica vont hériter de quelque chose. J'ai beau chercher : je ne comprends pas un mot de ce galimatias.

— En tout cas, leurs noms figurent ici, dit James Roy, montrant l'une des pages du testament à la jeune fille. Mais, d'après ce que j'ai déjà pu comprendre, il n'est fait cette fois aucune mention des Topham : nous devons donc nous attendre à ce que ceux-ci soulèvent toutes les difficultés imaginables. C'est pourquoi je tiens à m'assurer que ce testament est absolument inattaquable avant de leur révéler son existence. »

James Roy replia les précieux papiers et les glissa dans sa poche. Comme Alice allait mettre le contact, elle se tourna vers son père et dit avec un petit rire :

« Quel coup pour les Topham s'il leur est impossible de contester l'authenticité de notre trouvaille! Je ne sais ce que je donnerais pour voir comment ils prendront la chose... Si l'on invitait tous les parents de Josiah à écouter ensemble la lecture du testament? Ce serait magnifique! »

James Roy lança à sa fille un regard amusé.

« J'ai l'impression qu'il entre dans ton idée une bonne dose de malice, répondit-il. Mais je ne vois pas pourquoi l'affaire ne se dénouerait pas ainsi que tu le suggères... Tu auras cette satisfaction, mon petit, et bien mieux : je te promets que, si les Topham doivent recevoir le coup de grâce, cela se passera en ta présence! »

CHAPITRE XX

LA RÉCOMPENSE D'ALICE

« OH! PAPA, il est presque deux heures, s'écria Alice. Encore quelques minutes et tout le monde sera là. Je ne tiens plus en place! »

James Roy, qui était debout à la fenêtre du salon, se retourna vers sa fille.

« Ma parole, je crois bien que tu ne serais pas plus impatiente si tu devais toi-même hériter de la fortune de Josiah! observa l'avocat avec un sourire indulgent.

— C'est vrai, fit Alice. Je n'en peux plus d'attendre... Quand je pense combien tous ces gens seront surpris! Et les Topham plus encore que les autres! Mais je me demande s'ils viendront...

— Sois tranquille : ils n'y manqueront pas. Et si je ne me trompe, leur avocat sera là aussi. Dès qu'ils ont su que l'on avait découvert un second testament, ils ont commencé à s'inquiéter et.. à prendre leurs précautions.

— Es-tu bien sûr que tout soit en règle et que ces nouvelles dispositions testamentaires soient inattaquables? demanda Alice anxieusement.

— J'en suis convaincu. J'ai étudié ce document avec le plus grand soin et il m'a paru parfaitement rédigé. Josiah Crosley avait certes ses travers, mais c'était un homme intelligent... Aussi je t'assure que les Topham ne sont pas au bout de leurs peines s'ils s'avisent d'entamer un procès. »

Quelques jours après son voyage à Masonville, James Roy, ayant procédé à l'examen minutieux du testament, avait invité les héritiers de Josiah à se réunir à son domicile personnel, mais sans leur en dire davantage. A l'exception de la vieille Jessica encore alitée, tous avaient promis de venir.

Soudain Alice, qui guettait à la fenêtre, poussa une exclamation joyeuse :

« Voici Grace et Millie! Oh! papa, je brûle d'envie de leur annoncer tout de suite la grande nouvelle, mais sois tranquille, je me tairai! »

La jeune fille accueillit gaiement ses visiteuses et les fit entrer au salon.

« Alice, est-il vrai que l'on ait trouvé le testament? questionna Millie à voix basse.

— Chut! murmura Alice, un sourire mystérieux sur

174

les lèvres. Je ne puis rien dire encore. Mais ne vous inquiétez pas... »

Les deux sœurs venaient à peine de s'asseoir que l'on sonna à la porte d'entrée. C'étaient Mathilde et Emma Turner, en robe de soie noire. Quelques instants plus tard arrivèrent William et Fred Morris.

« Nous n'attendons plus à présent que les Topham, observa James Roy. Ils ne sauraient tarder... »

Au même instant, un brusque coup de sonnette retentit, Alice courut ouvrir la porte, et la famille Topham au grand complet fit une entrée majestueuse. Ainsi que l'avait prédit James Roy, un avocat de la ville accompagnait le groupe.

« Que signifie tout ceci et que nous veut-on? » demanda Mme Topham avec hauteur. Et, marchant sur son hôte, elle ajouta : « Auriez-vous par hasard l'audace de prétendre que l'on a découvert un autre testament?

— Je suis en possession de ce document, madame », répondit James Roy.

En entendant ces mots, Mme Topham ne put contenir sa rage.

« Quelle absurdité! s'écria-t-elle. Josiaph Crosley n'a rédigé qu'un seul testament par lequel il nous a légué tous ses biens!

— C'est une odieuse machination! » lança Ada, promenant à la ronde un regard de mépris.

Cependant Mabel se taisait, les lèvres pincées, l'air arrogant, tandis que Richard Topham semblait assez mal à l'aise. Il s'était assis auprès de son avocat. Tous deux gardaient le silence.

James Roy fit un pas en avant et, désignant un fauteuil à Mme Topham, il lui dit :

« Madame, si vous voulez bien avoir l'obligeance

de prendre place, nous allons procéder à la lecture du testament. »

Elle obéit à regret. Alors, James Roy, s'adressant à toute l'assistance, commença en ces termes :

« Ainsi que vous l'avez très probablement appris déjà, un second testament écrit de la main du défunt Josiah Crosley a été découvert au fond d'un coffre à la Banque Nationale de Masonville. Ce document étant d'une longueur inhabituelle, je vais, avec votre permission, vous donner connaissance des seuls passages relatifs au partage des biens laissés par votre parent. »

L'avocat prit sur une table quelques feuillets dactylographiés, puis, ayant marqué un temps, il se mit à lire d'une voix nette :

« Je soussigné, Josiah Crosley, déclare que ceci est mon dernier testament, annulant ainsi toutes autres dispositions testamentaires prises précédemment. En vertu de quoi, je lègue tous mes biens, meubles et immeubles, comme suit : A mes chères amies, Grace et Millie Horner, une somme de soixante-quinze mille dollars chacune... »

« Mon Dieu, je ne puis y croire, balbutia Millie, le souffle coupé par la surprise.

— Moi non plus! s'exclama Mme Topham. Laisser cent cinquante mille dollars à des gens qui ne sont même pas de la famille! C'est presque la moitié de la succession! Ce testament est un faux!

— Je regrette, madame, aucun doute n'est possible à ce sujet », dit James Roy avec calme. Et il poursuivit : « A ma cousine Jessica Rowen, en reconnaissance de sa bonté à mon égard, la somme de soixante-quinze mille dollars. »

Grace joignit les mains.

176

« Que je suis contente pour elle! murmura-t-elle.

— A présent, elle pourra se faire soigner convenablement », ajouta Millie.

Alice tourna vers les deux sœurs un visage rayonnant.

« J'aurais tant voulu qu'elle pût venir aujourd'hui, souffla-t-elle. Mais nous irons la prévenir dès ce soir.

— Comment, cette vieille dame va recevoir soixante-quinze mille dollars? protesta Ada Topham d'une voix aigre. Qu'a-t-elle bien pu faire pour le vieux Crosley, je me le demande? » Et, se tournant vers sa mère, elle s'exclama : « Quand je pense que nous, nous l'avons eu à notre charge pendant des années! Et voilà comme on nous récompense!

— « ... A mes neveux, Fred et William Morris, la somme de vingt mille dollars chacun », poursuivit James Roy, imperturbable.

Les deux frères parurent éberlués.

« Jamais nous n'aurions espéré recevoir autant, dirent-ils avec ensemble.

— « ... A mes cousines Mathilde et Emma Turner, la somme de vingt mille dollars chacune... »

— Quelle générosité! murmura Emma.

— Et nous? trancha brutalement Mme Topham. N'est-il pas question de nous? »

James Roy eut un sourire.

« Si, madame, mais je ne pense pas que ce soit dans le sens où vous l'espériez... J'y arrive, justement. » Et l'avocat continua sa lecture : « Je lègue en outre à Grace et à Millie Horner la totalité de mon mobilier, actuellement en la possession de Mme Richard Topham. »

Un murmure de stupéfaction accueillit ces derniers mots. Mme Topham se leva à demi, blême, les yeux étincelants. Il était de notoriété publique à River City que les Topham avaient pratiquement accaparé tout le mobilier de Josiah Crosley lorsque celui-ci s'était laissé persuader de se retirer chez eux.

« Quelle honte! cria Mme Topham, hors d'elle. M. Crosley aurait-il osé insinuer que je me suis emparée de ce qui lui appartenait?

— J'ignore absolument quelles pouvaient être les intentions de Josiah Crosley au moment où il écrivit ceci », répliqua James Roy, sans se départir de son calme.

Il replia lentement les feuillets dont il avait donné lecture, les rangea dans un tiroir, puis reprit :

« C'est tout, à l'exception de dispositions particulières tendant au règlement de certains frais, ceux d'obsèques et de sépulture, entre autres. Le solde, qui ne sera guère que de trois ou quatre mille dol-

lars, est destiné à l'asile de vieillards de **Manningham**.
Fort heureusement, la fortune de Josiah Crosley ne
se compose que de valeurs mobilières, fort bien
cotées, ce qui permettra de réaliser le tout sans la
moindre difficulté. Ceux d'entre vous qui le désire-
raient pourront donc disposer d'argent liquide dans
les délais les plus courts. »

Richard Topham était d'une pâleur mortelle.

« Ainsi, nous sommes vraiment déshérités? fit-il
d'une voix incertaine.

— Je le crains, en effet, répondit James Roy.

— Mais c'est impossible, voyons, insista l'autre.
Comprenez-moi, maître : il me faut cet argent!

— Je ne puis rien pour vous. Le testament est là,
ses termes sont formels.

— C'est un coup monté contre nous! » s'écria
Mabel, furieuse. Et, se tournant vers Alice, le visage
convulsé par la colère, elle ajouta. « Vous êtes pour
quelque chose dans tout ceci, j'en suis sûre!

— Peut-être bien, convint simplement la jeune fille.

— Mais nous n'avons pas dit notre dernier mot,
annonça Mme Topham. Nous attaquerons ce testament! »

James Roy haussa les épaules et riposta :

« A votre guise, madame. Nous plaiderons donc, si
vous le désirez, mais je vous avertis que vous y perdrez votre temps et votre argent. Au cas où vous dou-
teriez de ce que j'avance, demandez à votre conseil
ce qu'il en pense.

— Mon confrère a raison », fit vivement l'avocat
de Richard Topham.

Mme Topham le foudroya du regard, se leva et
gagna la porte, avec la majesté d'une reine offensée.
Mabel et Ada suivirent leur mère, non sans avoir

lancé à Alice un regard meurtrier. Richard Topham ferma la marche, l'air accablé. Dès qu'ils furent sortis, l'avocat prit sa serviette et, s'avançant vers James Roy :

« Mon cher confrère, vous me voyez navré de cet esclandre, fit-il. Mais croyez-moi, je ne suis pas fâché d'être débarrassé de cette affaire. »

Lorsqu'il se fut retiré à son tour, l'atmosphère se détendit et tout le monde se mit à parler à la fois.

« Oh! Alice, je ne puis croire encore à tant de bonheur! s'écria Millie. Cet héritage nous sauve, Grace et moi. Et c'est à vous que nous le devons, ma chère Alice. Vous ne nous avez pas dit comment le testament avait été retrouvé, mais nous savons bien que c'est grâce à vous! »

Cédant aux prières des héritiers de Josiah, Alice dut raconter ses aventures. Lorsqu'elle eut terminé son récit, il lui fallut subir l'assaut des compliments.

« Jamais nous ne pourrons assez vous remercier, dit Grace. Pourtant, nous essaierons de vous témoigner notre gratitude... »

Alice allait répondre qu'elle ne désirait aucune récompense quand James Roy ramena la conversation sur les Topham.

« Je suis convaincu qu'ils n'abandonneront pas la partie sans combat, dit-il, s'adressant aux héritiers de Josiah. Aussi ne saurais-je trop vous conseiller de désigner immédiatement la personne par qui vous désirez voir régler la succession.

— Oh! c'est tout simple, fit Grace Horner aussitôt. Nul ne nous conviendrait mieux que vous, maître Roy. » Elle se tourna vers les autres : « Qu'en pensez-vous? » leur demanda-t-elle.

Tous approuvèrent.

« J'accepte volontiers, dit alors James Roy. Si les Topham engagent la bataille, je vous garantis que nous leur infligerons une défaite qu'ils ne seront pas près d'oublier! »

Quelques instants plus tard, Mathilde et Emma Turner se retirèrent, bientôt suivies par les frères Morris. Puis Grace et Millie se levèrent à leur tour. Comme elles prenaient congé d'Alice, James Roy ouvrit l'un des placards du vestibule et en sortit la vieille horloge de Josiah.

« Tenez, dit-il aux deux sœurs, ceci est à vous.

— Mais qu'allons-nous en faire? » s'écria Millie en riant.

D'autorité, Alice leur remit l'horloge qu'elles emportèrent. Quand la porte se fut refermée sur les visiteuses, James Roy se retourna vers sa fille.

« Eh bien, conclut-il, je crois que nous avons vraiment donné aux Topham le coup de grâce.

181

— Ces gens-là ont bien mérité ce qui leur arrive aujourd'hui, déclara Alice. Mon Dieu, comme je suis contente que les choses aient tourné ainsi! Grace et Millie vont toucher presque la moitié de tout l'héritage. »

Le père et la fille se sourirent aussi satisfaits l'un que l'autre de l'heureuse issue de cette affaire.

Mais les Topham ne renoncèrent pas à l'héritage sans combat. Dans les semaines qui suivirent, ils engagèrent un procès, prétendant que le testament découvert par Alice n'était qu'un faux. Comme ils n'avaient pas la moindre preuve, ils perdirent évidemment.

En attendant que la liquidation de la succession fût terminée, James Roy avait fait aux sœurs Horner et à Jessica Rowen l'avance d'une somme importante sur leur part d'héritage. Peu de temps après, Alice, en venant faire une visite à la vieille femme, avait eu la joie de trouver celle-ci presque complètement rétablie et radieuse. Désormais, elle pourrait vivre sans souci du lendemain.

Un matin, Alice annonça à son père que Grace et Millie l'avaient invitée à la ferme.

« J'ai cru comprendre qu'elles me réservaient une surprise. Je me demande ce que c'est... »

Après le déjeuner, Alice se mit en route pour la vallée de la Muskoka. C'était une belle journée d'automne et la jeune fille filait à bonne allure dans sa voiture découverte, joyeuse, les cheveux au vent.

Quand elle aperçut la ferme de ses amies, elle resta stupéfaite des transformations qui s'y étaient opérées. La maison d'habitation, qui venait d'être repeinte à neuf, resplendissait au soleil, toute blanche sous un toit de tuiles rouges. On avait aussi désherbé et nettoyé la cour qu'égayaient maintenant des plates-bandes de fleurs et de plantes vivaces, disposées en bordure des bâtiments.

Du côté des communs, on était en train de réparer la grange et de construire une longue série de poulaillers entourés d'enclos grillagés. Mais ce qui surprit le plus Alice fut le spectacle des nombreuses bandes de poulets qui picoraient à l'entour.

« Soyez la bienvenue chez nous! » s'écria Millie, se précipitant à sa rencontre. Elle tendit le bras d'un geste large et ajouta fièrement : « Admirez notre basse-cour!

— C'est la première fois que je vois autant de poulets », fit Alice admirative.

A ce moment, Grace accourut à son tour et accueillit chaudement son amie.

« Je vous assure que Millie est à son affaire, dit-elle en riant. Ici, il n'est plus question à présent que de couveuses électriques et de poussins!

— Venez vite, Alice : il faut que vous visitiez notre installation! » reprit Millie.

Rayonnante, elle lui fit admirer les nouveaux aménagements de la ferme. Mais, plus que tout, la joie et l'entrain des deux sœurs réjouissaient le cœur d'Alice.

« Enfin, se disait-elle, songeant à la triste existence qui était encore la leur si peu de temps auparavant, les voici heureuses! »

La visite terminée, les trois amies bavardèrent un long moment, puis Alice déclara :

« Il commence à se faire tard, je vais rentrer. »

Comme elle faisait mine de se diriger vers sa voiture, Millie l'arrêta.

« Déjà? Vous avez bien le temps! » s'exclama-t-elle.

Et lançant à sa sœur un rapide coup d'œil, elle continua : « Grace, parle-lui, toi...

— Qu'y a-t-il donc? questionna Alice, intriguée.

— Nous vous avions demandé de venir..., commença Grace avec quelque embarras. Voyez-vous, nous sommes confuses de ne savoir comment vous remercier de ce que vous avez fait pour nous. Nous avons consulté les autres héritiers et nous nous sommes tous mis d'accord pour vous offrir...

— Mais je ne veux rien, interrompit Alice. Je n'ai cherché qu'à vous rendre service. Et si vous saviez quel plaisir j'y ai pris!

— Nous qui aurions tant aimé vous donner un beau cadeau », s'écria Millie, déçue.

Alice parut hésiter.

« Ecoutez, dit-elle enfin, si vous tenez vraiment à me remercier, je ne vois qu'un moyen...

— Lequel? demandèrent les deux sœurs avec ensemble.

— Je vais vous paraître ridicule, mais rien ne me ferait plus plaisir que de recevoir la vieille horloge de Josiah.

— Est-ce tout? se récria Grace, surprise. Mon Dieu, nous vous donnerions bien une douzaine de pendules si vous vouliez les accepter!

— Oh! je me contenterai d'une seule, répondit Alice en riant. Celle-là, j'y tiens. Mais si vous désirez la garder...

— Pas du tout, dit Grace vivement. D'ailleurs, elle ne marche pas très bien et nous avons déjà tant de choses à caser ici depuis que Mme Topham nous a rendu le mobilier d'oncle Josiah... Attendez-moi un instant, Alice, je vais vous chercher votre cadeau! »

Quelques instants plus tard, Grace revenait avec l'horloge.

« Je me demande vraiment pourquoi vous y tenez tant, observa Millie. Cette pendule n'a rien d'extraordinaire... »

Alice ne répondit pas tout de suite. Elle considérait l'horloge d'un air rêveur. Ce n'était en effet qu'une vieillerie fort quelconque, mais qui possédait aux yeux de la jeune fille un attrait incomparable. Comment expliquer à Grace et à Millie pourquoi cet objet était pour elle d'un si grand prix? Cela semblait impossible à dire... Mais tandis qu'Alice regardait le cadran peint de fleurs naïves et le fronton à l'ancienne mode où des croissants de lune dansaient la ronde autour du soleil, il lui semblait revivre les péripéties de sa récente aventure.

S'arrachant enfin à ses pensées, Alice se tourna vers Grace et Millie.

« Voici le trophée de ma première victoire, reprit-elle. Je ne m'en séparerai jamais... Qui sait si ce précieux souvenir de l'affaire Crosley ne m'apportera pas la promesse d'autres aventures, plus passionnantes encore! »

TABLE

IMPRIMÉ EN FRANCE PAR BRODARD ET TAUPIN
7, bd Romain-Rolland - Montrouge.
Usine de La Flèche, le 03-04-1981.
1796-5 - Dépôt légal n° 2681, 2ᵉ trimestre 1981.
20 - 01 - 6299 - 01   ISBN : 2 - 01 - 007207 - 3
Loi n° 49-956 du 16 juillet 1949 sur les publications
destinées à la jeunesse. Dépôt : avril 1981.